# Marcello Pandolfi

I0668000

# Loin du monde

nouvelles

Éditions Dédicaces

LOIN DU MONDE,
par MARCELLO PANDOLFI

ÉDITIONS DÉDICACES INC.
675, rue Frédéric Chopin
Montréal (Québec) H1L 6S9
Canada

www.dedicaces.ca | www.dedicaces.info
Courriel : info@dedicaces.ca

© Copyright — tous droits réservés – Éditions Dédicaces inc.
Toute reproduction, distribution et vente interdites
sans autorisation de l'auteur et de l'éditeur.

2

# Marcello Pandolfi

# Loin du monde

Savoir qu'au bout de notre vie il y a la hideuse vieillesse et la mort et ne pas aimer ça, c'est être pessimiste ? Alors, c'est que la vie aussi est pessimiste. Et c'est même elle qui a commencé.

FRANÇOIS CAVANNA
*Les pensées*

# Étreintes

Balkis allait et venait dans ce grand appartement en repensant aux caresses et aux tendres baisers insatiables qui les avaient tenus éveillés jusqu'à l'aube.

- Il est tellement beau, tellement tendre, tellement romantique pensa-t-elle avec une excitation débordante d'une adolescente.

- Mais de qui parles-tu ? demanda sa meilleure amie.

Et puis, Balkis n'avait pas résisté à l'envie de communiquer sa joie et sa bonne humeur à cette amie.

- Mais quel bonheur, se dit-elle, à elle-même.

L'idée de rester seule dans cet appartement et attendre cet inconnu, ne l'avait pas effleurée un seul instant.

Son regard s'illumina d'un sourire

- Il m'a proposé de passer un week-end à la campagne. Dans sa maison de campagne.

Balkis n'imaginait rien.

Un sourire illumina à nouveau son visage.

Le jet tiède de la douche avait eu raison des dernières pensées de Balkis.

- Qu'est-ce que tu es triste en ce moment, non ?, dit sa meilleure amie.

Elle redevint rayonnante, désirable, épanouie. Tout à coup.

Elle se sentit légère, presque aérienne, en marchant dans les rues de la ville.

Le connaissait-elle ?

L'avait-elle déjà rencontré ?

…

Un courant d'air la fit frissonner.

Elle crut un instant que Nils se glissait subrepticement derrière elle, que ses lèvres frôlaient sa nuque, que ses mains effleuraient ses épaules, que tout son sexe en érection caressait doucement son dos…

Elle esquissa un sourire à elle-même, ravie d'avoir décelé en elle un mystère ?

…

Excès de féminité, se dit-elle une nouvelle fois.

Maintenant, Balkis en était rassurée et d'autant plus séduite.

Minuscules, du haut de son quinzième étage, étaient les silhouettes des promeneurs qui arpentaient les allées et les chemins dérobés de la ville toute puissante.

Balkis observait de son balcon les promeneurs, toujours à l'affût de quelque chose ou quelqu'un.

Elle fut tout d'abord surprise par l'ordre qui régnait dans son appartement. Mais rien d'austère ou de rigoureux, tout simplement une petite fantaisie harmonieuse et chaleureuse comme elle.

- Un jour j'inviterai cet inconnu, confia-t-elle à sa meilleure amie d'enfance.

- Mais de quel inconnu parles-tu, lui demanda-t-elle ?

Balkis la dévisagea silencieusement, à la fois attendrie et amusée.

…

Elle sentit alors sa main qui saisissait délicatement la sienne pour l'entraîner à l'intérieur de l'appartement.

Elle caressa son crâne, si lisse, si beau.

Il ferma les yeux.

Il caressa la pointe de ses seins, si blancs, si laiteux.

Dans un froissement de tissus, leurs corps se dénudèrent avant qu'ils ne roulèrent, ivres de plaisir, sur le parquet ciré nimbé d'un rayon de lune.

- Fais-moi l'amour.

…

Les doigts et la bouche de Paul explorèrent le corps de Balkis, de la rondeur de ses seins jusqu'au creux de ses reins.

…

Balkis ferma pour la énième fois les yeux et s'offrit sans retenue aux étreintes voluptueuses de Ja.

Ja, un être fort et beau du haut de ses deux mètres. Un athlète en somme.

Balkis ouvrit les yeux, légèrement aveuglée par le charisme de cet amant presque inconnu à ses yeux.

Elle tourna la tête et la reposa sur l'oreiller.

Sa main glissa sur les draps à la recherche de Ja.

Mais hélas, elle n'y croisa qu'une étendue de soie, à peine froissée par leurs ébats de la nuit.

- Il n'est pas là, se dit-elle froidement.

Comme un cauchemar.

Elle interrogea à nouveau le silence de la chambre.

Aucune réponse ne suivit.

Elle se rendormit.

…

Balkis ne put s'empêcher de jeter un regard discret sur l'homme qui était en train d'avaler sa consommation dans l'obscurité de la cuisine.

Lorsqu'il tirait sur sa cigarette, son visage s'éclairait.

Elle le voyait maintenant de biais s'enflammer comme un brasier.

Puis elle alla à la salle de bains.

Elle se doucha.

Il se leva et alla la rejoindre.

Debout contre la porte, il la regardait faire.

Il profita de son élan pour remonter à la hauteur de Balkis et la souleva avec une certaine agilité.

Elle le serra très fort, trop fort même, qu'il faillit ne plus respirer.

- Je jouis.

7

- Tu me rends folle.

- Tais-toi

…

Les rayons du soleil qui filtraient à travers les arbustes l'éblouirent par intermittence.

Le visage de cet homme nouveau se découpa à contre-jour sans qu'elle puisse distinguer ses véritables traits.

Cela lui rappela la cigarette portée aux lèvres fiévreuses d'un autre inconnu ; un véritable brasier.

La délicieuse combinaison de son eau de toilette et de l'odeur de sa peau lui fit perdre un instant toute notion de la réalité et les quelques secondes, réfugiée dans les bras si forts et rassurants de ce compagnon, lui parurent une éternité.

Balkis s'abandonna un instant à ses caresses.

…

Puis elle retourna vers Nils.

Le regard de Nils lui apparut encore plus doux, plus rassurant que celui de John, dans la lueur diaphane de la voûte étoilée.

Elle écrasa sa bouche sur la sienne et l'attira vers elle.

Elle voulait, ne souhaitant rien d'autre.

Ils firent l'amour sans hâte, presque maladroits.

Ils regardèrent la nuit tomber, écoutèrent la rumeur de la ville, refusant de se quitter.

Puis ils évoquèrent l'avenir.

Le leur.

…


Le chemin était désert et les lampadaires qui s'alignaient sur les cent mètres que durait ce chemin n'éclairaient que les murs blanchis de sa villa.

- Entre.

Car la nuit était si chaude que là où leurs bras se touchaient, une moiteur se formait aussitôt.

Il l'embrassa.

Puis il s'éloigna d'elle d'un pas.

Elle ne bougea pas.

Ils se regardèrent. Puis il se rapprocha.

Et il l'embrassa une nouvelle fois.

…

Dans la lumière de la chambre trop vive, elle aperçut cette fois le corps de cet homme nouveau, qu'elle appela Fred.

Il se déshabilla.

Elle avait chaud.

Elle le regarda se déshabiller.

Assis sur le lit, il alluma une cigarette.

Enfin il s'allongea sur les draps blancs, éteignit la lumière.

Il fumait sa cigarette dans le noir, et de l'autre main, il la tenait serrée contre lui.

Sa peau mate était moite mais lisse.

Il l'aimait, elle le savait, à sa manière pudique et un peu sauvage.

Il savait par expérience que seul son argent intéressait la jeune femme.

Il caressa sa joue.

- Ne protestez pas Balkis, considérez cela comme mon dernier cadeau.

Elle repoussa l'argent, elle lui tendit sa bouche, il baisa sa joue.

Elle s'approcha de lui, caressa sa joue avec une infinie tendresse.

Elle le sentit tressaillir.

Il la désarçonnait.

C'était toujours au moment où elle s'y attendait le moins qu'il posait des questions.

Il semblait boire ses paroles.

Les vagues venaient mourir à quelques mètres à peine de l'endroit où ils étaient installés.

…

Parfois, lorsque le temps était chaud, John la prenait dans ses bras, la soulevait et la déposait sur le sable blanc.

Là, elle prenait plaisir à faire glisser entre ses doigts des myriades de grains dorés qui finissaient par faire de petites dunes autour de sa serviette.

Ils parlaient peu, restaient de longs moments sans rien dire.

Il ne se dévoilait guère, et elle n'avait nulle envie de s'épancher.

Mais elle goûtait chacun de ces instants arrachés à la grisaille de sa vie quotidienne.

…

Balkis referma la porte de son appartement et poussa un soupir de soulagement.

Dehors la pluie tombait, fine, insidieuse, étouffant la ville dans un nuage brumeux.

…

Il se pencha alors vers la jeune femme.

Ses lèvres effleurèrent sa joue, ses paupières, s'attardèrent enfin sur sa bouche, doucement d'abord, avec une infinie tendresse, puis le baiser se fit plus pressant, plus impérieux, et Balkis perdit la notion du temps.

Un homme était là, qui pouvait avoir trente-cinq ou quarante ans.

Il était grand, brun avec des yeux noisette, très doux.

Il parlait lentement et souriait.

Il avait une voix chaude, agréable à l'oreille.

La nuit était tiède, et le printemps de cette année-là se donnait des allures d'été.

Gary et Balkis se connaissaient depuis une semaine.

A peine installée dans les coussins de cuir de la berline rouge, elle se tourna vers lui :

- Je me sens bien avec vous.

Gary sourit et passa sa main dans sa chevelure abondante et bouclée.

Dans un mouvement plein de grâce, elle appuya sa tête contre l'épaule de ce nouvel amant.

Il eut un soupir de satisfaction.

Il s'était emparé de ses mains, les avait tendrement portées à ses lèvres.

S'abandonnant à son étreinte, elle avait hoché la tête en signe d'acquiescement, bénissant le jour où elle avait repéré sa voiture de luxe garée sur un grand boulevard.

Il aimait son rire, sa tête renversée, sa longue chevelure rousse qui s'éparpillait sur ses épaules nues.

…

Ils rentrèrent à l'aube.

Elle quitta sa robe et laissa à Paul le soin de la délivrer de son corset.

Instant de suprême plaisir pour cet homme dont les mains tremblantes s'égaraient sur la chair tiède de Balkis .

Une fois débarrassée de son carcan de satin, protégeant ses seins nus de ses mains, elle gagna le lit.

Il s'allongea.

Elle appréciait sa délicatesse.

- Balkis, dites-moi que vous m'aimez.

Elle mentait et, dans ses yeux pâles, passaient des lueurs orageuses.

Jamais, après l'amour, elle ne s'endormait tout de suite.

Réfugiée loin du corps abandonné près d'elle, elle se retenait pour ne pas pleurer, pour ne pas crier un prénom étranglé au fond de sa gorge.

Balkis quitta la chambre sur la pointe des pieds.

Elle n'avait pas sommeil et sortit.

La ville, sous la clarté de la lune, ressemblait tout à fait à un décor de cinéma.

A Paris, les filles que l'on disait légères, les rebelles, les voyoutes, les ventres palpitants d'impatience, hurlaient sous le ciel étoilé.

A Paris, la rumeur envahissait nuit et jour son appartement.

Ici, dans sa maison de campagne, elle pouvait presque entendre les battements assourdis de son cœur.

Elle huma le parfum des fleurs qui courait partout dans la pièce.

…

Il s'était penché pour mieux la regarder.

Elle vit qu'il avait des yeux sombres comme des crimes, devina quelques cheveux blancs parmi les cheveux noirs bien coupés.

Le gris l'excitait.

Elle eut l'impression que le soleil s'était englouti dans la mer, qu'il faisait froid et que la nuit tombait sur le monde.

Un éclair zébra le ciel.

Le tonnerre gronda.

Il sortit un mouchoir de sa poche et lui essuya le visage.

Elle retint sa main contre son visage.

Il inclina doucement la tête.

Elle désirait, elle redoutait ce baiser.

Son cœur s'emballa.

Il l'étreignit.

Puis ils tombèrent sur le sable encore tiède.

Elle ferma les yeux.

Leurs lèvres s'effleurèrent.

Ils s'aimèrent toute la nuit.

…

Le matin, elle s'était presque effrayée de découvrir Paul là, à côté d'elle. Car toute la nuit, c'était Henri qu'elle avait vu, Henri qu'elle avait touché, Henri qu'elle avait aimé, à travers lui.

Elle s'immobilisa. Peut-être cette séparation avait-elle été bénéfique pour lui autant que pour elle. Ou bien était-il trop tard ?

Les mots lui effleurèrent l'oreille comme une caresse.

Il vit défiler ces derniers mois perdus à s'obstiner dans le silence, à vivre sans elle.

Très ému, il s'assit, lui prit les mains, les serra entre les siennes avant de l'embrasser.

...

Balkis glissa maintenant dans les bras de Pierre.

Leurs bouches se caressèrent.

Leurs mains plus hardies qu'aux premières étreintes s'empressèrent de froisser les vêtements pour s'égarer sur la peau tiède.

Leurs jambes se croisèrent.

Balkis se cabra, redoutant et espérant que Pierre hésitait encore, anxieux et pressé à la fois.

Il ne l'écouta pas et ses lèvres s'écrasèrent sur les siennes.

Leurs mains se cherchèrent, leurs corps s'appelèrent et, tout naturellement, ils firent semblant de faire l'amour sur les draps blancs.

Ils s'enlacèrent sans oser aller plus loin, se contentant de s'embrasser, à la manière de jeunes adolescents jouant aux adultes.

...

L'aube pointait à peine, mais le soleil jouait à travers les persiennes, et Balkis sut que la journée serait belle.

...

Avec un regard amoureux, elle contempla Jules endormi à ses côtés et effleura ses lèvres des siennes, doucement, très doucement, pour ne pas le réveiller.

Dans son sommeil, il paraissait encore plus jeune.

Balkis se mit à sourire.

Au début de leur liaison, elle était gênée de leur différence d'âge, persuadée que tout le monde se demandait ce qu'un séduisant et très jeune homme pouvait trouver à une femme d'âge mûr.

Elle lâcha sa main, se rapprocha un peu plus de lui et posa la tête sur son épaule.

Il prit la masse de ses cheveux roux et les torsada pour dégager son visage d'une extrême beauté.

Il n'osa pas prendre les lèvres offertes, sentant qu'il devait la protéger de tout et d'abord d'elle-même.

Il ne pouvait s'empêcher de penser que cet instant de bonheur serait bien sûr de courte durée et que Balkis retomberait, ensuite, dans sa solitude quotidienne.

…

Il prit son visage entre ses mains et le parcourut des lèvres.

Sa peau était chaude de soleil.

Elle sentait bon la mer et les vacances.

Il la respira avec volupté.

Quand sa bouche frémissante s'égara sous l'oreille de Balkis, dans le satin parfumé de sa peau, elle éprouva des sensations d'évanouissements.

D'un seul coup, tous ses souvenirs affluèrent.

Son cœur battit un peu plus vite, sa main trembla légèrement.

Ils s'étaient aimés toute la nuit, ne pouvant se détacher l'un de l'autre. Sans un mot, sans une promesse.

Il fronça les sourcils, laissa ses yeux s'attarder sur le visage de Balkis, puis sur sa bouche.

Elle ferma les yeux, sentant sur ses lèvres la chaleur des lèvres de Nils.

Dans ce baiser elle puisa la force de vivre.

Elle noua ses bras autour du cou de son amant.

Il l'étreignit avec tant de passion qu'elle s'apaisa.

La nuit était partout dans la pièce.

Il la calma d'un tendre baiser.

Elle avait besoin de le croire.

Pouvait-elle imaginer sa vie sans lui ?

Alors, d'un grand élan de son corps, il se jeta sur elle, l'étreignant, la soulevant de terre, la faisant tournoyer.

- C'est merveilleux.

Elle doutait encore.

Il revint vers elle, posa sa joue sur son ventre.

- Je t'aime.

Elle prit sa tête dans ses mains, elle plongea son regard dans le sien et, pour la première fois depuis qu'ils se connaissaient, il parla réellement de lui.

Elle le réconforta.

La nuit, au creux du lit, il posait son visage sur la douceur ronde de ses seins.

Il racontait son enfance, ses rêves, ses espoirs.

Il semblait s'inquiéter de son avenir...

…

Elle ne bouge pas.

Elle sourit.

Elle écoute la vie se dérouler lentement.

…

La porte s'ouvre.

Un homme apparaît.

Et sous la capuche, l'œil a demi fermé.

Un œil bleu.

Il s'appelait Peter.

Il aurait pu s'appeler John...

Son regard était clair et droit.

Il courait les routes et l'aventure.

Il était beau.

Il captura sa main.

Il caressa son poignet, son épaule.

Puis ses doigts s'égarèrent sur sa joue.

Un étrange trouble s'empara de lui.

Il se rapprocha, elle ne bougea pas.

La main glissa vers le buste dénudé.

Il frissonna en effleurant les seins blancs et fermes.

Elle sentit une onde de chaleur se répandre dans tout son corps.

Il l'attira contre lui, frotta sa joue à ses cheveux.

Il aurait voulu l'aimer, mais…

…

Il se laissa tomber près d'elle en soupirant.

Elle devina sa souffrance, posa ses mains sur lui et sentit tous ses muscles se contracter, se durcir comme de la pierre.

- Ton corps est plein de haine, lui dit-elle doucement.

Elle défit un à un les boutons de sa chemise.

Elle découvrit le torse velu.

Il tressaillit sous la caresse légère de ses doigts, sous la tiédeur de ses lèvres.

Il s'abandonna à la danse étrange des mains de Balkis sur lui.

Il oublia tout subitement…

Il n'était plus qu'une boule tendre de chaleur, de bien-être, et quand le visage sombre aux joues enduites de maquillage s'approcha du sien, quand la bouche de Balkis effleura la sienne, il ferma les yeux en l'emprisonnant de ses bras.

…

Finalement, le troisième jour, elle accepta de recevoir son amant.

Ce soir-là, à la lueur de la lampe halogène, dans le petit salon de sa maîtresse, il remarqua qu'elle avait l'œil dur.

Alors il prit sa main et la porta à ses lèvres.

Elle se laissa faire, docile.

- Montons.

Il la suivit dans la chambre.

Elle ôta sa jupe et le laissa, comme d'ordinaire, s'occuper de son corset.

16

- Je vous aime Balkis, mais je ne suis pas assez fou pour croire que vous puissiez être une bonne épouse.

Elle se jeta hors du lit, affichant sans pudeur sa nudité.

Il aima le spectacle de cette femme en colère arpentant la chambre.

- Revenez Balkis, dit-il gentiment. Discutons.

Cette fois, il perdit patience.

- Avez-vous rencontré un autre homme plus amoureux que moi ?

Vexée, elle le gifla.

Il agrippa ses poignets avec force et les serra jusqu'au moment où il entendit les fines articulations craquer.

Ensuite il la lâcha, se rhabilla et sortit en claquant la porte.

Balkis s'écroula sur le parquet ciré en sanglotant comme une enfant gâtée.

Puis elle regagna le lit en désordre.

Et elle s'endormit.

…

Un soir d'été bousculé par les orages.

Elle pleura sur son épaule.

Il la berça comme son enfant.

- Regrettez-vous ?

Elle eut un énorme soupir.

- Je regrette simplement de ne pas vous aimer assez.

Il hocha la tête.

Il n'avait jamais réellement cru à son amour.

C'était une chaleur lourde s'abattant sur la ville aux toits ocre.

Le fleuve, à son plus bas niveau, charriait une eau saumâtre, laissant voir les cicatrices de ses berges.

Allongé sur les allées plantées de platanes, un couple paressait en rêvant de la mer pourtant pas très loin, de celle aux vagues dentelées d'écume, au vent salé et aux plages infinies.

Ils avaient bu un verre ensemble, place de l'Horloge.

Il s'étaient souri.

Il racontait ses voyages ; ses espoirs.

Il ne parlait pas de repartir.

Il se rapprocha de Balkis, sa main glissa vers la sienne.

Elle tourna un peu la tête et reçut en plein visage l'éclat mordoré de ses yeux.

Il caressa ses doigts puis son poignet.

Un nuage dentelé masqua le soleil.

Un semblant de fraîcheur tomba du ciel.

Balkis regarda sa montre.

Puis elle ferma les yeux.

Il avança sa bouche vers sa joue.

Elle accepta ce baiser.

…

Un soir d'orage, ils échangèrent des mots d'amour timides et trouvèrent refuge dans la chambre que Nils occupait à l'hôtel.

Il caressa sa nuque, son dos, apprivoisa son corps avec patience pour la énième fois.

Elle ne luttait plus, immergée dans le bonheur.

Il l'allongea sur le lit, la regarda très longtemps.

Il hésitait à la déshabiller.

Alors elle prit les devants, jouant avec les boutons de sa chemise à lui, découvrant émerveillée la douceur de sa peau noire, le relief de ses muscles.

Il se laissa faire comme un enfant.

Attendrie, elle vit des larmes dans ses yeux.

Lui fallait-il la peur de ne jamais plaire pour de vrai…

# Raïatea

La fenêtre de l'écurie laisse filtrer la lumière du jour. Une ombre glisse sur un mur. Et celle qui se trouve là est habillée d'une robe sombre et soyeuse. On dira qu'elle est une femme-animale. Elle tend vers lui tout son être, les yeux fermés comme une première communiante.

Albert, qui est mon Maître et qui m'entraîne, ne cesse de crier haut et fort, que je suis une femelle de belle race.

Bien sûr, je n'ai pas du pur-sang, le regard hagard qui flotte. Je ne suis pas issue biologiquement d'une consanguinité, et je n'ai pas la nervosité d'un étalon dont on ne sait jamais s'il faut craindre un danger.

Je suis entraînée à toutes sortes d'épreuves chaque jour que Dieu fait. Lorsque mon Maître m'ordonne d'exécuter une tâche, je me tiens droite et je le regarde fixement dans les yeux. Il m'arrive parfois de lui désobéir. J'incline alors ma tête vers le sol entre mes deux bras tendus que je nomme ainsi, et qui sont mes deux pattes avant.

« Tu te souviendras que dans le langage hippique, ce sont tes jambes. »

Il m'arrive de lui cracher à la figure ou frapper du sabot ; danser avec lui.

Il apprécie tout de mon tempérament sanguin.

Il me cingle les joues, me fait un clin d'œil, embrasse mon nez, caresse ma crinière comme une chevelure de femme fatale avec ses doigts effilés et tendres que je sens courir sur mes chairs et qui me procurent tant de sensations indescriptibles, me lave, me sèche, me brosse, tâte mes mamelles qu'il trouve belles, plonge son regard bleu dans le mien jusqu'aux tréfonds de mon âme.

Je sais qu'il m'aime.

Je vous rappelle, à vous Mesdames, que nous devons, nous femelles, nous conformer aux règles qui régissent les accouplements et qui, bien sûr, nous sont dictées par nos maîtres.

Je suis de la catégorie proie mûre, avec cette croupe pleine qui fait des envieuses. Et c'est avec le plus bel étalon que je m'accouplerai lorsque le moment sera venu. Mais pour l'heure, je ne suis pas encore enceinte.

Dans tous les cas, les mâles là-dedans sont toujours les gagnants. Ils repartent indemnes sans laisser de traces de rien, si

ce n'est à l'occasion, une petite goutte de leur semence si précieuse. Nous, femelles, bien sûr, sommes muettes.

J'aurais tant aimé naître femme-girafe aux taches polygonales et dépourvue de cordes vocales pour dominer, grâce à ma taille tous ces jeunes hommes. J'aurais vécu exposée sous le soleil des grandes steppes d'Afrique. Ou encore femme-zébresse, car je ne sais comment vous l'expliquer, j'aurais mastiqué durant des heures et des heures, des herbes séchées, dans des endroits ombragés.

Les girafes ont le cœur sensible pendant que les zébresses sont mues par une sorte de stoïcisme qui en font des bêtes fatales.

Mais pour l'heure, Albert me rappelle que nous devons travailler main dans la main.

Moi-même, pour ne pas me citer, je me considère avantageusement lotie dans ce haras.

J'ai du pain sur la planche, et mon avenir est assuré.

En ce matin de printemps, pliée en deux, les lombaires un peu douloureuses, je ramasse les tickets qui se trouvent à portée de mes jambes. L'hippodrome en est jonché, il n'y a plus qu'à se baisser et se servir. Personnellement, je trouve que les gens sont indisciplinés, malgré les sommes pharaoniques qu'ils misent dans des paris. Mais le problème, c'est qu'il faut toujours finir par se redresser, et croyez-moi, avec mes cinq cent quatre - vingt kilos de chair et de muscles, c'est là que le bas du dos blesse ! Alors, sachez que pour éviter un éventuel claquage, et après mûre réflexion, et mille tentatives, je me relève lentement, millimètre par millimètre d'abord, puis centimètre par centimètre, grimace après grimace, et enfin un large sourire qui me permet de montrer ma superbe dentition de cheval, sans laquelle, mon charme de femelle n'agirait point.

Ouf !

Il n'empêche que je ne suis pas au bout de mes peines.

Mon Maître me signale qu'une réunion vient à peine de commencer, et il y a huit courses au programme...

Pour ce faire, j'ai plutôt intérêt à être en super forme. Et sachez qu'il ne me fait aucun cadeau. Evidemment, j'aurais moins mal de dos si j'avais un pic pour ramasser ces foutus papelards que les gens jettent comme des gros dégoûtants mal éduqués. Si j'étais sûre d'y trouver quelques billets de banque, enfin la fortune, quoi ! Il faut pas rêver, cela ne m'arrivera jamais, car condamnée toute ma vie à galoper de toutes mes forces afin d'offrir le meilleur de moi-même à mon propriétaire, et dans un premier temps, à mon entraîneur, que je porte aux nues, comme

mon cœur bat dans mon corps. Et puis je ne peux pas me permettre de parier, en fait, oui pourquoi pas, mais uniquement sur moi-même, alors je peux vous affirmer, et sans prétention aucune, que je suis la meilleure jument de tous les temps. Mon boulot, que j'appelle boulot récréatif, c'est de récupérer également les paris des autres : ces boulettes de papier blanc rageusement chiffonnées par des joueurs déçus, bien lisses tout droit tombées d'une poche de blouson en cuir qui coûte une fortune ou d'un portefeuille en crocodile que l'épouse ou l'amante leur a offert, tant pis pour eux ; ces joueurs déçus qui vident leur compte en banque tous les jours.

Dans tous les cas, je grappille précautionneusement ce que les autres gaspillent dans l'espoir de dénicher des tickets gagnants jetés ou perdus par des parieurs émus, étourdis ou encore maladroits.

Voici comment je procède : je remplis ma gueule autant que je le peux, et le soir venu, tranquille dans mon box, j'épluche tout. Je note bien l'arrivée de chaque course sur un petit calepin que je planque discrètement dans la paille à l'abri des regards indiscrets, même les tickets déchirés, parce que les parieurs peuvent très bien déchirer un ticket par erreur ou par précipitation, ou sur le coup de la colère .Consciente qu'ils voudraient gagner à tous les coups, comme au loto.

En règle générale, ça ne marche pas trop mal, car je trouve toujours dans le tas sept ou huit tickets gagnants plus ou moins intéressants.

Mon plus gros coup ? C'était il y a deux ans environ. Bien sûr je ne vous connaissais pas ; un couplé avait rapporté douze mille euros. Et je les ai offerts à mon entraîneur. Ah ! si je pouvais en ramasser autant aujourd'hui, ce serait la fin de mes soucis, et mon Maître serait heureux comme un roi.

Toute à ma réflexion, et sous ce beau ciel bleu de printemps, je réponds d'un vague signe de la tête au « comment vas-tu ma Belle ? » d'un collègue que je croise à l'entraînement. C'est un bel étalon comme je les aime, quand parfois je le trouve orgueilleux à mes yeux. Je suis consciente qu'il me drague et que je ferais bien son affaire. Et lorsque je me prends à rêver, seule, la nuit, je l'imagine brutal mais opérationnel, car il faut quand même un peu de brutalité si l'on veut arriver à la jouissance. Alors, il me prendrait, là, en présence de mon Maître, sans pudeur et avec joie.

Il serait *mon* dompteur.

Mon Maître qui me précède m'amène tout près de lui, me murmurant au creux de l'oreille quelques mots doux, du genre : « Tu vas voir, ça va te plaire, et même si tu ne me donnes pas un joli poulain, tu prendras du plaisir ! Tu ne dois pas rester seule à ton âge. Tu es belle et séduisante, jeune, et tu dois enfin connaître l'amour ! »

Dans le giron des mâles, les femelles ne sont pas toutes expérimentées, et de ce fait, vierges de toutes blessures.

Puis viennent ces mâles flanqués de leurs proies plus mûres, alors marquées celles-là de meurtrissures çà et là.

En règle générale, les dompteurs entendent se consacrer à l'activité de va-et-vient avec leur sexe.

Il a l'air concentré, lui, mon rustre. Je l'imagine, tel un humain, tomber le pantalon, et d'un coup de dents déchirer l'enveloppe qui contient une pellicule lubrifiante à la manière d'un condom.

Il a l'air concentré de qui ne veut pas être dérangé pendant qu'il l'a fait glisser depuis le gland jusqu'au pubis.

Il ne viendrait pas à l'idée des femelles, pendant cette opération délicate, de faire un pas ou d'émettre un son.

Planté là, sur ses quatre jambes, mon dompteur, trop excité, a laissé s'échapper quelques gouttes. Il s'est interrompu un instant pour respirer et se calmer sous l'autorité de mon Maître.

Son sexe frétille, comme il est normal, que frétillent les premières minutes, les sexes des humains qu'ils viennent ainsi d'enrober.

Alors mon Maître s'approche et me dit ce qu'il attend de moi. Je suis, pour la première fois de ma vie, femelle utilisée. Il ne veut pas me voir excitée mais immobile et obéissante. Car si je venais à bouger des bras et des jambes, si seulement je remuais la tête, c'est que mon dompteur me l'aura demandé.

J'acquiesce.

Je fais signe que oui. Et c'est sans rompre ce silence, d'ailleurs, qu'on vient *nous* séparer…

Je tourne la tête en direction de la fenêtre pour admirer le paysage.

Mon Maître me trouve, cette fois-ci, infiniment plus belle et il a envie de pleurer.

En conclusion, les dompteurs sont les vainqueurs, car faire jouir une bestiole de mon espèce, ce n'est pas donné au premier venu ! Quelques étalons qui avaient été diagnostiqués comme des caïds par mon Maître, s'y sont cassés les dents. Mais je vous signale que le terme « étalon » me gêne parfois. Pourquoi ? Parce que tout simplement il exerce une fois de plus sur nous femelles, une puissance animale. A notre époque, il y a encore beaucoup de travail à faire en ce qui concerne la parité. Il est très difficile d'y trouver un juste milieu dans l'espèce humaine, alors dans l'espèce animale, n'en parlons pas, d'autant que nous sommes privés, les uns comme les autres, de la parole. Nous ne pouvons nous exprimer qu'au travers de nos coups de sabots, ou de nos performances sur le terrain. Alors le dompteur peut à la fois être notre entraîneur comme notre fiancé.

On ne cesse de me rabâcher que je suis une belle femme, et que la chance me sourira un jour ou l'autre. Et sans prétention aucune, mon propriétaire s'est vraiment enrichi grâce aux hippodromes. Mais je lui ai dit que la chance finit toujours par tourner…

Aujourd'hui, c'est tout bonnement pour se payer la dernière bagnole à la mode, que je me torture le dos à m'en faire une hernie discale. Il faut que je me débrouille avec les moyens du bord pour qu'il ramasse au moins quelques milliers d'euros ; c'est ce qu'il doit à son concessionnaire. Cette fois c'est sérieux, il n'hésitera pas à me congédier si je ne lui donne pas satisfaction. Pour peu que ma saillie ait raté, pardessus le marché !

Tout échouer à mon âge, serait dramatique à ses yeux. Ce serait la vraie déchéance.

Quant à mon dos en compote ?

« Raïatea, je ne suis pas le responsable d'une association charitable. Tu dois obéir aux ordres. Ton comportement, ces jours-ci, est inacceptable. Tu comprends ? Inacceptable ! Je m'en remets à Albert. »

Et mon dos en compote là-dedans, qu'est-ce que tu en fais ?

Silence radio.

« Qu'est-ce qu'elle croit, que je vais cambrioler une banque pour me donner de grands frissons ? »

Je lui rétorque que lorsqu'on n'est plus capable d'assumer son boulot, on fait autre chose. Un point c'est tout. Et lorsque je ne pourrai plus galoper comme une folle, et que je ne rapporterai plus suffisamment d'argent à ces messieurs, je retournerai à mon passe-temps favori qu'est la méditation.

Aïe ! Décidément, mes disques ne veulent pas se décoincer aujourd'hui. Il va falloir que mon Maître prenne une décision si mes douleurs ponctuelles venaient à s'aggraver.

Mais pour tout vous dire, ce n'est que passager tout ça, et que lorsqu'il me traite de pimbêche, il n'a pas tout à fait tort.

Je suis une capricieuse de haut niveau à mes heures, et je suis consciente qu'il apprécie mon attitude.

J'aurais bien envie de m'asseoir sur un banc, ou me rouler dans la poussière, mais je n'ai plus le choix. Il va falloir que je m'y jette.

Le départ de la quatrième course sera donné dans huit minutes très exactement. Les joueurs sont encore aux guichets, un œil sur l'évolution des cotes, attendant le dernier moment pour arrêter leurs paris.

J'enchaîne soupir sur soupir. La tribune se remplit de nouveau, mes collègues sont sous les ordres .Un récalcitrant refuse d'entrer dans les stalles, ce qui agace son jockey.

Les pousseurs jouent des épaules ; enfin son cheval cède. Le départ est donné aussitôt. Les parieurs commencent à se faire entendre.

Quant à moi, je n'ai presque plus conscience de cette foule en délire. C'est mon quotidien. Ma façon de vivre depuis que je suis venue au monde.

Pourtant le son monte progressivement, chacun y allant de son encouragement. Je n'ai pas le choix.

A l'approche du poteau d'arrivée, c'est l'explosion, ça hurle, ça vocifère . Et brusquement plus rien.

Quelques injures fusent, des rires aussi, des poings serrés au fond des poches, et des poings levés en guise de victoire, des poings rageurs appelant la revanche, des tickets froissés en boulettes de papier et jetés avec force.

Je ne prête même pas attention à tous ces gens excités. Je me dis que cette fois-ci je ne ramasserai plus les détritus qui vont joncher le sol. J'ai mieux à faire. Mon jockey n'a pas l'air vraiment satisfait de ma prestation, quand aussitôt les visages replongent dans les journaux de pronostics.

Il faut préparer la prochaine course, repasser au guichet, toucher ses gains pour certains, ou continuer de vider son compte bancaire pour d'autres, le tout pour quelques millilitres d'adrénaline.

Je ne me sens pas du tout concernée par toutes ces opérations à effectuer.

Je reviens soudain à la réalité.

J'ai senti quelque chose heurter mon sabot gauche, juste sur ce satané mal. Et si le pédicure pour chevaux n'existait pas. Et si nous n'étions pas suivis tous les quatre matins par le véto, les parieurs, et notamment les propriétaires, s'en mettraient moins dans les poches ! Mais ce n'est pas le cas.

Je constate depuis quelque temps, que mes visites chez la manucure ont progressé. Albert a un véritable souci de me voir non seulement en très bonne forme physique et psychologique, mais il exige de moi, une image parfaite.

J'étais en train de regarder les gens en haut des tribunes, lorsque Albert m'a prise par le filet pour m'amener me promener un peu avant la cinquième course, dans le paddock.

Je remarque de suite qu'une consœur me mate d'un mauvais œil, sa grosse tête d'idiote tournée vers moi.

Je fais semblant de l'ignorer, quand mon Maître me fait passer devant elle.

Elle envie sûrement mon charisme de jument bien entretenue. Et bien éduquée. Mais très vite, il nous faut décamper d'ici, avant que le propriétaire arrive. ( Que nous le voulions ou non, nous resterons jusqu'à notre mort, des femmes dociles, des objets de consommation, à moins que…)

Les toilettes sont les seuls endroits spirituels dans notre vie, où nous pouvons nous retrouver avec nous-mêmes, et faire un point avec nos petits bobos de femmes…

Allez , encore des centaines pour ne pas dire des milliers d'euros qui seront misés sur nos croupes !

Autant croire au Père Noël une fois de plus…

Bon sang, Albert a si bien perdu l'habitude de parier qu'il n'y a même pas pensé. A cet instant où je vous parle, il n'arrête pas de me cajoler avec ses mots bien à lui : « J'espère que tu vas au moins gagner cette course, hein ? Tu entends ce que je te demande ? Et si tu me fais ce cadeau-là, je te changerai de box. Et pourquoi pas, je t'achèterai. Alors, je ne serai plus ton entraîneur, mais ton propriétaire. Et tu ne seras plus ma chose. Ok ? »

Je préfère me boucher les oreilles, que d'entendre ce genre de banalités.

L'esprit léger et la tête dans les nuages, je ramasse au sol des brindilles de paille qui traînent ça et là, ignorant mon Maître.

Tiens, je n'ai même plus mal au dos !

Il me faut expressément inventer un autre mal. Pourtant je ne suis pas hypocondriaque ?

C'est fou ce que l'espoir peut vous faire …

Ils ouvrent tous leur journal. Déjà la cinquième course.

S'ils veulent s'enrichir, c'est le moment ou jamais.

*Rikita*, la jalouse, est bien placée, la garce !

*Hasard* n'est pas mal non plus.

Un sourire aux lèvres, je lève le nez de mon journal. Ça pour un nom prédestiné, c'en est un ! Sa dernière chance de payer l'intégralité de sa bagnole, et de renouer enfin avec la victoire…

Mais la partie n'est pas encore gagnée.

J'ai comme une impression de ne pas compter dans le paysage ?!

Ils vont voir ce qu'ils vont voir !

Les surprises ? ça me connaît !

Histoire de me donner bonne conscience, je me dis que quand j'aurai fait gagner le pactole à mon propriétaire, et une bonne solde à mon entraîneur, je quitterai définitivement la scène, et regagnerai ma liberté…

Le départ est maintenant donné.

Mille huit cents mètres à parcourir, c'est très vite fait lorsqu'on est en super forme, ce qui est mon cas aujourd'hui, en un peu plus de trois minutes…

J'exagère ? Non !

En y réfléchissant bien, c'est tout de même assez long pour avoir le temps de faire une crise cardiaque !

Heureusement que le docteur a vérifié mon cœur voici deux jours !

A l'approche du poteau d'arrivée, j'entends des hurlements au loin, en plus des coups de cravache que me file mon jockey, et qui me propulseront je ne sais où…

Quant aux deux autres, ils finissent péniblement septième et dixième.

Nous ne traînons pas des pieds.

C'est sûr que t'es une véritable pimbêche, me dit mon entraîneur en réajustant sa casquette, une larme au coin de l'œil.

Et c'est à son tour de souffrir.

« Tu m'as filé ton mal de dos ! »

Sur l'hippodrome, les hauts-parleurs claironnent le début des opérations de la sixième course.

Mon Maître est déjà trop loin pour que…

..............................................................................

Je pose là mon crayon.

Voilà plusieurs heures que j'écrivais.

Je me suis souvenue qu'une fois…

Puis je me suis dirigée vers la chambre à coucher, non, le box, rejoindre mon Albert, à moitié allongé dans la paille.

Délicatement collée à lui, j'ai caché mon nez dans ses cheveux drus qui sont étonnamment en bonne santé, comme son esprit.

…

L'ombre qui se projette sur le mur, dans la pièce à côté, est sûrement le fruit d'une liaison…

Et je me suis endormie sur cette réflexion.

# Les vacances

Je flânais le long des quais, en bordure de plage presque déserte, quand soudain je me perdis dans la bise matinale. Un vent léger caressait mon visage. Tout en marchant, je refaisais le monde, comme une nouvelle conquête, pour un nouvel espoir.

Florian habitait la banlieue parisienne, une espèce de ville dortoir où tous les soirs des odeurs de fritures et de poissons mêlées à la chaleur de l'été envahissent la cité. Des immeubles aux façades grises et salies par le vent et la pluie ; une architecture vétuste.

Comme moi, il avait un peu plus de vingt ans. Je l'avais rencontré une première fois sur la plage. Aucune ressemblance avec Louis ; pas du tout le même genre. Florian faisait partie d'un groupe de colonies de vacances religieuses. A la tête comme chef, un guide : un prêtre ouvrier.

On s'était rencontrés au même endroit, presque à la même heure, à quelques secondes d'écart. On a « accroché » tout de suite dans les paroles. Je parlais très peu et lui encore bien moins. J'avais déjà remarqué ses yeux doux, pas un brin de timidité, je dirais plutôt de la réserve. La souplesse de son corps toujours en mouvement me fascinait.

Quand on est arrivés sous la toile de tente où logeait le groupe de spéléologues, toute une équipe bien achalandée, j'étais la seule fille. On ne s'est pas trouvés dans le même endroit pour dormir, mais c'était sans importance vu que les trois-quarts du temps on devait être en balade, et on abandonnait très vite notre domicile ; notre camping.

Le lendemain, on partait. On a fini par éclater de rire le premier soir en s'apercevant qu'on était les deux seuls à ne pas s'être adressé la parole de la journée, parce qu'on s'intimidait, une manière de se dire à demi-mot qu'on se plaisait déjà.

On a fait longuement connaissance en discutant jusque tard dans la nuit. Et le lendemain matin, on faisait équipe pour affronter notre premier trou. Comme j'avais une toute petite expérience, je lui donnais des conseils, des avances du genre : « Fais bien attention où tu accroches les pics, ne tombe pas. » Je le maternais. Je le réceptionnais à la fin des descentes libres ou sur les échelles d'aluminium qui bougeaient beaucoup. En spéléologie, il faut constamment se tenir, se soutenir par tous les moyens, se pousser les uns aux autres, avancer collés, s'épauler moralement, ne pas perdre pied et ne pas craindre le vertige. On s'attardait manifestement à tous ces contacts sans rien montrer d'autre, mais parfaitement conscients de nos gestes.

Notre premier trou ne comptait que deux puits et descendait à environ soixante mètres sous terre. On refaisait surface vers les sept heures du soir. Après l'humidité et le froid souterrains, ce fut génial. Et quand le moniteur demandait des volontaires pour aller chercher de l'eau, on se regardait et on filait ensemble. C'était bien. On s'était installés sur le rocher voisin, le plus proche, le plus difficile à conquérir, et on regardait le soleil se coucher.

On parlait de nos petites expériences amoureuses, en lui annonçant que j'avais été très amoureuse d'un homme voici trois ans. Il souriait. Et il m'avoua que peut-être parce qu'il n'avais jamais eu de véritables expériences avec des filles, il se sentait par moments mal à l'aise. C'était drôle, il était drôle, et fort sympathique.

Ce qu'il vivait déjà depuis ces quelques jours était si formidable à ses yeux et tellement neuf pour lui, riche en émotions de toutes sortes qu'il sentait bien qu'il lui fallait se laisser aller à la vie et vivre ses sentiments. Il était bouleversé aussi par le contact de la nature qu'il n'avait jamais vraiment connue, vu qu'il n'avait quitté sa banlieue que deux fois pour aller en colonies de vacances en Bretagne.

Alors avec sa maladresse, on a commencé à se caresser le visage, puis nous nous sommes embrassés légèrement.

Le soleil était limite et sur sa peau encore mate, trop fragile, ça donnait des reflets de pain d'épices qui contrastaient avec ma blancheur. J'adorais voir ses mains d'homme, bronzées et fortes, ses veines saillantes, son ventre d'adolescent, ses cuisses galbées. Après s'être enlacés, on éprouvait une sorte de jouissance secondaire, puis on filait à vive allure pour se rhabiller et en vitesse rejoindre les autres.

Nous oubliâmes mutuellement ces quelques heures passées ensemble.

Dans les descentes, on s'assurait, on ressentait un immense plaisir trop fort à assurer la sécurité de l'autre. Mais dès qu'on le pouvait, on s'isolait à nouveau pour refaire les mêmes « jeux ». Ma seconde expérience. Ensuite on se caressait de plus en plus avec fougue en s'embrassant à la sauvette sous une cascade ou derrière un bloc de stalactites. J'y avais pris goût. C'était très fort car il y avait toujours, dans les remontées à la lumière et à la forte chaleur de l'été, après des heures passées sous terre, quelque chose qui nous conviait à une certaine envie d'exploser.

Nos corps se mettaient alors à battre comme nos cœurs, et tout notre être se mettait à vibrer comme des moteurs puissants à ne plus pouvoir se contrôler. Le soleil accélérait nos processus d'émotion.

Et puis, un matin, environ dix jours après notre rencontre, en me réveillant, j'ai vu que Florian n'était plus allongé à mes côtés. Je suis sortie de la tente, et un autre garçon qui était déjà levé et avec lequel il avait lié une très forte amitié, m'a expliqué que Florian était parti faire des courses pour le prêtre ouvrier et aussi poster une lettre en ville. Florian ne sachant refuser à quiconque, avait accepté.

Effectivement, il s'était levé des minutes bien avant que moi je ne me réveille. Pourtant, nous nous étions donnés comme consignes que le premier debout réveillerait l'autre…

Vexée, je préférais quitter définitivement les lieux en abandonnant sur place un petit mot à son attention.

Il fallut que j'admette cette retraite…

Derrière le miroir de mes vacances passées, organisées sans tambour ni trompette, un peu à la dérive, j'aurai au moins connu des expériences diverses, enfin des points de repères importants pour mon avenir.

De retour à Paris, je trouvai dans mon courrier, toutes les explications nécessaires relatives à sa fuite, et qui, une fois pour toutes, m'ouvriraient grand les yeux.

# Un bonheur évident

## 1

Autrefois, il aurait fait n'importe quoi pour elle. D'une nuit à l'autre, il ne dormait plus. Et le temps lui manquait pour aimer. Elle était à ses yeux toujours la plus belle que la fois précédente. Ils marchaient dans les rues, se tenaient la main en se disant qu'ils étaient en Alaska ou à Paris. Ils se nommaient les fondateurs de la terre et du ciel. En fait ,des Dieux.

## 2

Autrefois, ils se prenaient par la taille et tournaient jusqu'à tomber étourdis l'un sur l'autre.

Ils s'embrassaient, le visage écarlate, la bouche gourde.

Alors, il proposait d'entrer l'aimer dans une chambre d'hôtel choisie au hasard.

Il l'appelait « mon amour », ou encore « ma petite ours ».

Ils imaginaient l'Alaska, remplie à ras bord de milliards de mètres cubes de neige ; d'une belle neige blanche en étoiles qui n'avait cessé de tomber depuis des siècles…

Ils étaient d'accord sur cette idée.

Et toute la terre serait gelée.

Et il n'y aurait plus qu'Eux.

Il aimait Christine.

Elle refusait son propos. C'était trop sérieux pour elle.

Ils se grisaient de neige, et elle se sauvait en riant.

Telle une gamine.

Il aimait quand elle riait et elle aimait savoir qu'il aimait l'entendre rire.

Il la rejoignait quelques mètres plus loin, la plaquait contre lui et lui mordait les fesses dans l'intimité de la tempête.

Puis il ouvrait sa combinaison et collait son corps chaud d'efforts de marche et de jeu sur le sien.

Elle l'attirait à elle en le serrant très fort.

Et ils se tenaient ainsi dans cette chaleur, des minutes.

Elle fermait les yeux comme si elle perdait connaissance.

A son front, la sueur collait des mèches. Elle lui disait qu'elle l'aimait.

Il replaçait confortablement son érection dans son pantalon.

Puis ils quittaient le lieu, remontaient le talus, traversaient des boulevards…

# 3

Un jour elle se sauva.

Mais il la rattrapa et la colla au mur du couloir de l'hôtel trois étoiles.

Il déboutonna complètement sa combinaison et humecta de sa langue l'endroit en elle le plus chaud et le plus vivant de son univers féminin.

Puis elle se laissa tomber dos nu sur le parquet ciré.

De violentes secousses la gagnèrent…

# 4

Pendant toutes les vacances passées à la neige, ils avaient échangé des milliers de mots et une multitude de gestes.

Peut-être que demain ils visiteraient l'Italie.

Ou un autre pays.

Et ils visitèrent d'autres pays.

# S'abandonner

Il était un peu plus de neuf heures lorsque Paul se leva. D'ailleurs, il se levait presque toujours le premier les week-ends. Suzanne adorait traîner au lit, dans la chaleur des draps. Déjà le soleil répandait une lumière éclatante sur le jardin. Et les gros arbres qu'il avait plantés voilà quelques années, laissaient choir les taches d'ombre très douces sur le vert épais de l'herbe.

C'était une magnifique matinée d'été qui ouvrait la journée.

Paul s'assit sur une chaise qu'il fit basculer sur les pattes arrière et allongea ses jambes sur la rambarde. Le soleil réchauffait doucement sa peau un peu blanche, engourdie par la fraîcheur de la nuit. En tirant quelques bouffées de cigarette, il pensait à ce qu'il allait faire de sa journée. Il irait peut-être à la pêche.

Il aimait profondément la nature et disait souvent qu'il parviendrait toujours à être heureux tant qu'il pourrait y trouver refuge.

*

Paul approchait la cinquantaine. Et il plaisait, semble-t-il de plus en plus aux très jeunes femmes. Avec ses tempes grisonnantes, et son visage toujours bronzé. Sa longue silhouette sculpturale et sa grosse bouche sensuelle.

En fait, pour peu qu'on aime la vie, tout semble en place pour que l'être humain soit heureux.

Pourtant cette belle journée d'été, Paul n'arrive pas à s'emballer comme il le faisait habituellement en pareilles circonstances.

Bref.

Aujourd'hui, il se sent vaguement tendu et un peu las.

Après le déjeuner, le soleil était déjà fort.

Il alla paresseusement s'étendre sur le gazon à l'ombre d'un saule pleureur. De temps en temps, il relevait la tête et regardait autour de lui, les yeux plissés.

Il appela Suzanne.

Je suis dans la cuisine, dit-elle.

De ce fait, Paul se sentit rassuré.

Alors, il se laissa retomber lourdement sur l'herbe, comme ivre.

Tout son corps transpirait. Des gouttes de sueur perlaient à son front.

Et il s'endormit.

Paul n'était pas du genre à écrire des poèmes. Au contraire. Il n'éprouvait aucun état d'âme face aux événements de la vie. Et la paix n'était pas forcément son but. Il dit qu'il avait suffisamment souffert dans son enfance. Les difficultés lui étaient restées à jamais gravées dans sa mémoire. Il a toujours été un peu surpris de ne pas être envahi par une espèce de bonheur vague mais si intense qu'il connaissait si bien de son épouse. Car même s'il vivait parfois des instants sombres, Paul était doué pour un certain bonheur. Ce soir, ainsi abandonné au soleil, il avait l'habitude de laisser vagabonder mollement ses pensées et disait que tous ces minuscules moments d'abandon étaient la source de sa propre créativité. Il lui arrivait aussi de penser à ses parents lorsqu'il avait le cafard, et aux choses qu'il aurait voulu leur dire avec une émotion douce. Ou il pensait encore à une femme qu'il avait connue jadis, ou à des amis disparus. Parfois aussi, il songeait à son travail. Souvent, il avait l'impression de ne penser à rien du tout. Et lorsque sa femme l'épiait d'un œil discret, il se parlait à lui-même. « Cela fera trois semaines que nous n'avons pas eu de nouvelles des enfants. » Ne t'inquiète pas, dit sa femme, ils sont grands maintenant. Ils n'ont plus besoin de nous .

# Le repos

Les vacances c'est un peu comme l'amour, ça peut faire aussi passer le temps. Et puis c'est l'été. C'est toujours l'été dans ce pays. A cause de cette chaleur écrasante, tout le pays s'est endormi. C'est l'été et toujours l'été. Dans la stupeur des jours qui n'en finissent plus jusqu'à l'affrontement des peaux brûlantes.

Je suis en train de regarder les libellules, dit-il. Je regarde les libellules au soleil. Du soleil puissant de l'Italie inondée. C'est comme l'eau de la mer, poursuit-il. Maman, je t'aime, dit-il. Leurs ailes brillent.

Toute la ville baigne dans une luminosité extraordinaire. Et c'est tellement extraordinaire que plus personne ne veut se lever de bonne heure.

Viens manger, dit sa mère. Non, j'ai pas encore faim, répond l'enfant. Ca fait drôle, poursuit l'enfant. On dirait des avions, hein ?

Les autres dormaient d'un sommeil profond. La veille, ils étaient allés au bal et ils avaient dansé toute la nuit. Et bu. C'est comme dans les camps de vacances, ils se sont amusés. Ils ont ri aussi. Beaucoup ri. Jusqu'à la mort de tout leur corps. Peut-être.

Christine buvait son café debout, dans la cuisine. Elle était vêtue d'une simple robe à fleurs. Les pieds nus. Henri dormait encore, la tête enfouie dans les oreillers. Les rayons du soleil avaient déjà pénétré toute la maison. Et dans sa chambre, ils se faisaient discrets.

Décidément, lance l'enfant, j'aimerai toujours les libellules. Et même dans les livres, elles sont pareilles. Oui, tu as raison, mon chéri, dit sa mère. Les vacances en Italie passent à une allure, dit la mère. C'est pas demain l'école ? demande l'enfant. Non, répond sa mère, c'est dans un mois maintenant.

La chaleur a inondé tout le corps de Christine. Henri, on dirait qu'il fait semblant de dormir. Certes, il dort. Il pousse de temps à autre des petits cris, semblables à ceux des enfants lorsqu'ils ont de la fièvre ; lorsqu'ils se réveillent en nage.

Christine quitta la cuisine et alla s'asseoir auprès de l'enfant sur les marches. Et ils regardèrent ensemble les libellules se dorer au soleil. Je ne souhaite pas que tu ailles te baigner dans la mare, dit sa mère. Tu ne sais pas encore nager et tu pourrais t'y noyer. Oui, maman, dit l'enfant. Je n'irai pas me baigner.

Aline et son compagnon dormaient dans l'autre petite chambre située au deuxième étage de la maison louée .

Charles apparut dans l'embrasure de la porte, tout le corps enveloppé dans un peignoir blanc. J'ai même trop dormi, dit-il à sa femme. Tu en avais certainement besoin, répondit Aline. L'enfant se mit à rire. Puis Charles alla se doucher. Charles était un bel homme pour ne pas dire un très bel homme. Il était grand, bien bâti à la façon d'un coureur de fond, avec de jolis yeux bleus qui faisaient trembler les jeunes filles innocentes ; encore.

Il sortit de la salle bains en chantonnant une vieille chanson des années quarante.

Aline alla se doucher.

Pierre passait des heures et des heures à observer les libellules. Il n'éprouvait pas du tout le besoin de quitter le lieu des libellules, tellement il les aimait. D'ailleurs, personne ne se plaignait de lui. C'était un enfant calme et très beau. Ils désertaient tous les ans Paris pour aller se reposer dans ce petit coin d'Italie. Pierre adorait aussi regarder les pêcheurs au large. Rien au monde ne sera assez beau pour mon enfant, dit Christine à ses amis.

Pierre quitta le lieu des libellules. Le séjour s'achevait.

Puis ils partirent tous voir la mer pour la dernière fois.

On vit une jeune femme ouvrir les fenêtres d'une maison mitoyenne, et admirer l'horizon.

Pierre était à la fenêtre de sa chambre, admirant aussi l'horizon, parce qu'il n'y avait que cette chose-là qui pouvait le faire rêver pour une vraie dernière fois...

# Gamine

Le nez collé à la vitre du wagon, le soleil me fait un clin d'œil. C'est extraordinaire. EX-TRA-OR-DI-NAI-RE. Il brille tel un diamant ; c'est l'or du moral.

Allez, on retire d'abord une chaussure, puis l'autre, on allonge ses jambes sur la banquette marron, ça repose les muscles, on bâille un peu, et en avant.

Puis elle sort son petit pain au chocolat de son sac à dos parce que son estomac crie : « Chose promise, chose due ! » La peau de son visage luit. C'est une route verglacée. Quand maintenant ses grands yeux bleus se posent sur le panneau en verre, ventant une pub sur les tarifs jeunes SNCF – pour les seize vingt-cinq ans – moins trente pour cent – renseignez-vous auprès de nos guichets, voyez, etc.

Elle a chaud. Transpire tellement.

Pendant que le chef de gare, tout à l'heure, ajustait sa casquette de chef, elle ratait la marche. « Enfin ! pressez-vous ! montez ! allez ! allez !, pressez-vous ! »

Qui m'aime, m'abandonne, pense-t-elle.

Il y avait, tout à l'heure, des gamins qui balançaient des boules de neige sur la motrice. Et le convoi quitta le quai à la vitesse d'un gros avion sans aile.

La paire de skis est tombée par terre, et ça a fait paf!, les voyageurs ont levé la tête, tant mieux. Aussitôt.

Le soleil me fait un clin d'œil, c'cst probablement la dernière fois mais cela ne signifie pas que je vais descendre à la prochaine station parce que la miss d'en face est en train ( quel joli jeu de mots), est en train de se maquiller les yeux. Non !

Une pensée s'enracine dans ma chair ; c'est délicieux. Et si tout se passe bien je vais vous raconter la suite de mon histoire.

Ce soir je serai la plus belle, pense-t-elle, et moi là-dedans alors ?

Je t'adore tu sais ! Et moi je serai le plus beau, vrai ? Et qui sera l'heureux élu ?

Un vol d'oiseau traverse le ciel glacé, ce soir, et tu seras la plus belle ?

Ok ! De quoi faire pleurer la terre entière. Adieu étrangère aux multiples visages. A mon tour maintenant de manger mon pain au chocolat. Tu permets ?

Je n'ai pas pour autant envie de tomber dans la facilité. La séduction, quoi.

Pour ce soir, tout est prêt. Je vois que le train nous emporte à une vitesse folle. Je ne fais que passer ; nous ne faisons que passer sur cette terre, alors je suis pressé, et toi non ? L'émotion commence à naître dans ses yeux.

Je ne veux pas la dévisager, comment dire, la mater. Et peut-être qu'elle adorerait. Et si je me mettais à mater tous ces visages d'anges que je croise à longueur de journées ?!

Par la vitre du wagon, je regarde la pluie tomber en hallebarde, sur les bosquets, sur les épaisses forêts, sur l'horloge du petit village là-bas paumé, et qui n'indique plus l'heure depuis des lustres. Et pourquoi exhumer des souvenirs rances ?

J'aimerais aller danser ce soir avec elle.

J'ai une forte envie de danser, voilà tout. Cela me prend comme une envie de pisser. D'abord ça pèse dans le bas ventre, j'ai comme un poids là, je le sens ce poids, et hop ça pousse, ça pousse tellement que je quitte ma banquette pour les toilettes. Tout à l'heure, nos regards se sont croisés. Juste ce qu'il faut pour se comprendre. Saviez-vous que je lui parle par onomatopées ? Je me frotte à ses yeux sans pouvoir sonder véritablement son âme.

Je me refuse à chasser de mon esprit mes obsessions. Mais quand toutes ces choses vous arrivent, une espèce de détresse vous emplit tout le corps, et fait de vous un crapaud-buffle, par un désir qui monte, et qui monte, dont vous ne mesurez pas toute l'importance et l'enjeu. C'est très sérieux !

J'imagine que cette gamine assise à trois fauteuils du mien, monte à cheval, lit des auteurs célèbres, danse tous les week-ends des nuits entières, et propose ses lèvres, à un ou plusieurs petits voyous en mal d'expériences. Ils ne sont plus que deux ombres et deux solitudes dans ce vaste monde où le silence et l'indifférence des grands les ignorent.

Ah , ils ont l'air fiers maintenant !

J'ai les yeux rivés sur le paysage qui défile et sur les forêts qui pleurent.

La nuit va encore descendre et les choses de la nuit virent au négatif. C'est l'émanation où votre écho se dissout ; vos pensées divergent. Vous tournez comme un animal en cage dans votre deux pièces ou dans votre lit, tel un fou sous l'emprise de la folie ; de l'envie. Va-t-elle vous résister ? Il me vient alors comme une érection incontrôlable. Ne vous est-il jamais arrivé de perdre la tête si vous ne disposiez pas d'un self-contrôle ? Les regards torves et les rires gras et désespérants exercent sur nous, êtres humains, leur unique talent, celui de nous conspuer, d'être fascinés par notre propre passé bourré de souvenirs, par ce feu qui embrase corps et âme et qui vampirise, à jamais. C'était une petit leçon…

Maintenant que le démon m'a quitté, je regarde la pluie tomber, et le ciel peut attendre ou pleurer ; j'aime cette vie.

Elle est belle, elle sent bon, elle s'agite. Je suis seul avec elle dans ce wagon clair et silencieux. Je ferme les yeux et je pense. Je pense. Je pense à l'infini…

Elle me regarde et son regard m'oblige, je n'avais pas prévu, à cet instant de réflexion. Que dois-je faire ? Car c'est toujours le regard de l'autre qui vous oblige à aller jusqu'au bout de lui.

Je t'attends gamine dans le silence qui se fait attendre.

Tous ces bruits me font perdre patience.

Tous ces bruits de cahiers, de bouquins, qui glissent entre tes doigts frêles me font dresser le poil.

Je pense, je pense, je pense jusqu'à l'infini…

Je ne viens pas du tout chercher l'oubli dans ce train, non, ne m'en veux pas d'avoir accroché mon regard à ta bouche.

Je marche devant et je suis responsable de toi, parce que tu es une jeune fille, et moi un vieux.

Alors je tente un petit somme, mais rien ne m'assomme. Les feuilles de papier qui crépitent sous tes doigts fragiles me font grincer des dents et la chair de poule me gagne.

Tu es belle comme le sang dans mes veines.

Retiens cela.

Ah ! la grisaille des murs et des fenêtres . Se passe-t-il quelque chose sur la scène du monde ? Je l'imagine sous une lampe, tout le visage éclairé, solitaire, toi, un soir d'hiver. Dans ces lieux déserts où tu oses te murmurer : « Je pleures car la terre se dérobe sous mes pieds. » Et tu restes nue, là, devant toi-même, car tu vis que pour toi, et l'amour là-dedans ? Stéphane, ton ex, s'est fait la valise avec une autre parce que tu pleures toujours, parce que tu as mal, parce que tu es avare de caresses, parce que tu n'as pas encore ressentie au fond de ton ventre l'insurrection de la chair, parce que tu ne connais que les murs de ta chambre tapissés de photos d'acteurs, de chanteurs, et enfin parce que ton innocence a fait office de bourreau. Un jour, tu verras, une main se posera sur ton épaule. Et elle sera la bienvenue.

Pourtant j'aurais envie de faire plein de choses avec elle. Tout plein. Par exemple : la serrer dans mes bras, ou lui caresser le visage des journées entières. Je rêve que sa tête toute chaude repose contre ma poitrine, un jour.

Patience, me dis-je. Mais il me semble la connaître depuis toujours. Et si un jour, cela m'arrivait ? Nous serions aux anges, toi et moi, gamine. Certes, ce soir je n'exige rien de toi. Absolument rien. Je m'en voudrais d'ailleurs.

Je suis convaincu, qu'un jour, tout cela tu me le diras dans le creux de l'oreille.

Je suis quelqu'un d'inquiet. Et parfois tout me choque.

Le paysage défile, les oiseaux se sont-ils endormis sur les branches squelettiques ?

Je veux me rapprocher de toi. Mais je ne trouve ni le courage ni les mots. Pourquoi ? Cette langue aux mille sens.

Tu me donnes tant de joie en ce moment. Et qu'importe nos âges.

Au fond, que cherchons-nous ?

Tu es une belle jeune fille qui pose son visage contre la vitre du wagon. Tu aimes les sucreries, les baisers légers que tes jeunes amants t'offrent. Tu as les yeux ouverts sur le monde haut en couleurs. Et tu ne risqueras jamais de voir le monde en gris ? Ce soir tu as les yeux larges d'adolescente, déjà plus une enfant, presque une femme, en route vers la plénitude.

Tu regardes dehors , deux silhouettes qui gesticulent. Ce sont celles de tes parents. Ils te font des signes de la main, en guise de baisers. Quand ta bouche s'est légèrement ouverte, la lèvre inférieure s'est plombée avec ton angoisse. La tiédeur de vivre ; une certaine abondance.

Ce sont toujours les mêmes gestes, timides ou amples, inlassablement esquissés qui nous habitent à vie.

Moi, il n'y a que la nuit qui me captive.

Certes, je n'ai pas un nom connu, je ne suis pas une célébrité, un jour je tomberai dans l'oubli et ne manquerai à personne.

Depuis des années, j'ignore tout des raisons de ce monde. Alors j'accomplis les plus grandes folies : prendre un billet de train et partir sans jamais connaître la destination exacte et garder les yeux ouverts jusqu'au lever du jour. Je ne résiste pas aux traques et fuites.

Maintes silhouettes me composent et me perdent. Pour aujourd'hui ? STOP.

Seuls d'incessants déplacements, toute ma science du nomadisme, témoignent de ce que je suis encore en vie. On me dit jeune d'esprit. On me dit séduisant malgré mon grand âge. Mais qui serais-je demain ? Que la pensée file par rapport au temps qui lui s'effiloche lorsqu'on replonge dans ses tristes souvenirs.

Elle regarde de nouveau sa montre et porte son poignet à son oreille pour s'assurer que la mécanique fonctionne bien.

Puis elle se rendort.

Contrôle des billets, s'il vous plaît, dit le contrôleur. La voix de cet homme interrompt ses rêveries. Elle ne peut résister à la tentation de lui demander l'heure d'arrivée qu'elle connaît déjà. Je me dis que les hommes ne sont pas les mêmes, c'est pour ça qu'il est plaisant de voyager. Ma curiosité est satisfaite.

Il me semble maintenant que son esprit s'embrume. Elle a l'air d'un fantôme derrière les étincelles qui s'élèvent par salves imprévisibles. Elle apparaît avec sa jolie frimousse de feuille de chou, puis elle disparaît, comme engloutie tout à coup par une mer de mélasse. Cela me trouble de voir que ça ne l'empêche pas de bouquiner.

Avais-je rêvé?

Est-ce cela l'expérience des gestes qui se passent de lumière ?

Je me dis que le comique ne tuera jamais l'homme.

Je prends une grande respiration, me laisse aller un peu et me mets à réfléchir. Sachez que lorsque j'étais enfant, je rêvais de devenir comédien, mais ma médiocrité d'élocution a anéanti tous mes espoirs. Aujourd'hui rien ne m'arrête. Je fais toujours part à mes amis des craintes qui m'habitent de temps à autre. Ils sont mes issues de secours. Et puis tout rentre dans l'ordre à nouveau.

J'aurais pu me montrer plus entreprenant avec elle. Il m'aurait suffi de me montrer intelligent, sensible, spirituel, capable d'être à son écoute, qui sont en fait toutes les qualités d'un homme dont on dit parfois qu'il n'est pas très beau physiquement mais qu'il a beaucoup de charme. Et suite à cette approche on se serrerait l'un contre l'autre et nos yeux se fermeraient tout doucement, tout doucement.

Mais est-ce bien raisonnable de la part d'un vieux comme moi ?

Enfin, au moment où chacun regagnerait son territoire de méditation, je lui ferai le coup du dernier verre d'eau. Et là, en adulte bien éduqué, on se tripoterait les zones dites érogènes en respectant une séquence qui va du général au particulier, pour finir enlacés sur la banquette marron. Mais hélas, une espèce de timidité maladive  m'aurait empêché d'amorcer le processus.

Allez, je connais trop bien le scénario. Je me contenterai cette fois encore de fantasmer.

Tout simplement.

# L'acteur

Sous la moustache, d'épaisses lèvres et dans la poitrine, un cœur gros comme ça. En revanche, il voit le mal partout et il en rit. Il se moque de tout. Et tout le fait rire, y compris la vie et sa propre existence. Avec ses yeux de canari et sa tête en forme de citrouille, il se paie une mine franchement défunte. Il est complètement fêlé, et de ça, il en est conscient. Nul besoin de lui remémorer. Il voyage au bout des nuits à sa manière, et il se trimballe une brouette de conneries et de perversités. Il est un peu distingué, timide parfois, il a peu d'amis et plein de maux de crâne. Il lui arrive d'avaler dix comprimés par jour. Il ne cesse de mâchouiller quelque chose ou rien et ça lui donne un air con, et ça fait des bulles en plus. Il vouvoie dans un milieu à tu et à toi . C'est pas grave, dit-il. Ca le fait rire. Son visage lisse de vingt ans plus jeune que ses artères, semble avoir été conservé dans du formol. Il raffole des faits divers ; seules les images brutes d'un monde pervers. Ca le fait toujours rire. Un jour dans son journal : « Une bombe vient de tuer soixante personnes…» Réponse : un rire que l'on compare à des gloussements de poules à plumes ; il souligne. Il a deux copains qui sont d'après lui : cabossés, ivres tous les quatre matins et hilares. Ca le fait de plus en plus rire. Il adore le bordel de la vie et jure qu'il reviendra sur terre après l'effondrement de l'espèce humaine. Il grille clope sur clope. Il a un instinct de fauve. Moralité : il cligne des yeux tel un hibou jailli d'une nuit sans lune…

# La croisière

Le port extraordinaire d'un coin de Grèce.

Dix-huit heures, arrivée au quai. Notre bateau vedette blanc, aux infimes petites cheminées et aux drapeaux flottants jurait parmi les coques des autres navires, des immenses bâtisses, comme des énormes avions-marins sales. Pas de doute, les larges cheminées de ces engins, semblables à des cheminées extravagantes de mines, coiffant le pont supérieur et l'envergure de la silhouette, signaient un look très personnel du Transatlantique ou du France.

L'apparition de ces masses d'acier dans le dernier rayon de lumière et au travers des ultimes rayons de soleil, au beau milieu de la grisaille portuaire, était trop saisissante. Comparativement, « notre bateau blanc » de plaisance qui ne pouvait contenir qu'environ une centaine de passagers, ne m'effrayait pas à côté de ces machines.

Des installations confortables, et à bord tout un personnel navigant, soucieux de rendre les petites croisières des plus agréables. Huit hôtesses et une vingtaine de serveurs, tous en tenue bleu marine et rouge. A chaque départ, les taxis se succédaient au poste d'embarquement de cette petite compagnie maritime de prestige.

On accourut de l'Europe et du monde entier, et même des touristes arrivaient de Scandinavie, d'Australie, pour un prix d'or, afin de larguer les amarres, car c'était un peu faire partie d'une promotion annuelle d'une grande école. Bref, l'ambiance était au vison dans la salle d'attente.

Ici, pas de lamentations concernant la mort car celle-ci ne pourra désormais jamais se produire. Ce bateau tout blanc était assez rigide pour supporter l'équipage.

J'observais. A de très rares exceptions, l'âge moyen des passagers - des heureux invités, se situait dans la vingtaine et le taux maxima atteignait la cinquantaine. Pas ou alors très peu de personnes très âgées.

Les vagues de cette mer supportaient-elles des cœurs ensevelis d'années ? Ou bien préféraient-elles des cœurs tout neufs ; des cœurs naissants ?

On sait que les mauvaises langues de ceux qui ne peuvent s'offrir ce genre de distraction apparentent les commérages à des gens pouvant s'offrir le luxe aux dépens de ceux qui ne le pourront jamais.

Ces gens-là, diraient à la limite de la haine, que ces genres de croisières sont de sales asiles moyenâgeux, des sortes d'asiles flottants. A mon avis, je crois que c'est avant tout destiné à promouvoir le commerce maritime et fluvial, mais aussi à se balader sur des « bateaux blancs ».

Et hop, tout le monde en profitera de ce romantisme un peu suranné des voyages d'autrefois.

Nous nous installâmes Céline et moi, entre deux devises étrangères tout en essayant de résister aux « sucreries musicales », aux vraies glaces offertes et gratuites par les hôtesses, et nous nous suçâmes les lèvres de musiques envoûtantes diffusées.

Comparable à un immeuble de quelques étages, sans plus, le bateau blanc se dressait devant nous, dans toute son élégance massive. En un mot, il en jetait. Et dire qu'il flottait, lâchant laconiquement une petite vague de perles bleutées et bordées de fourrure.

Les porteurs se précipitaient sur les bagages des clients comme des journalistes sur une nouvelle vedette par exemple, et d'un seul coup, je ne savais ce qui les attirait, ils se jetaient sur nos bagages que nous avions pris soin de ficeler comme des saucisses, et qui ne renfermaient absolument rien d'extraordinaire.

Je me disais : « Si ces porteurs veulent absolument défaire tous les bagages, qu'ils le fassent, c'est leur travail, mais

50

qu'ils laissent les nôtres tranquilles. » Et malgré nos regards, ils insistaient lourdement. « Merde alors ! » me dis-je.

Voilà. Maintenant nous étions toutes et tous installés dans l'énorme salle aux murs blancs, et ce n'était que par de minuscules hublots que l'on pouvait apercevoir la mer.

Un douanier à l'entrée du bateau, quatre à cinq hôtesses au fond, ainsi que un ou deux serveurs à l'arrière. Un équipage au complet. Les garçons étaient vêtus d'un uniforme blanc et rouge. Ils souriaient à chaque passager, les saluant, et regagnaient leur place durant certainement tout le voyage.

Et moi, je ne pouvais m'empêcher de délirer sur la puissante machinerie huilée prête à mouvoir des tonnes de tôle et des centaines de passagers, broyant tous ces corps, dans la vapeur des chaudières.

Je me levai. Céline resta clouée sur son fauteuil ; lisant.

Elle même m'empêchait de rester serein. Je me perdais alors dans le labyrinthe, dans ses portes qui s'ouvraient et se refermaient sur elles-mêmes. Le labyrinthe feutré des coursives. Il fallait également que j'étudie tous les plans de cette machine, des portes faites de glaces transparentes, aux couloirs qui ne se terminaient jamais, en évitant de bousculer des touristes un peu boiteux. Et voyons d'abord tous les plans de cette « galère ! » Bâbord, trouver ce que signifie ce terme. Je le sus autrefois. Puis tribord. Il fallait que je me souvienne ou bien consulter un dictionnaire. Et puis, il faut étudier la direction des nuages dans le ciel, sur la mer, vis-à-vis du soleil, des nuages signifiant la pluie, les boussoles en ce qui concerne la direction des vents, et juste au bout du couloir, alors là il s'agissait plutôt d'un marin, un vrai cette fois, mieux, d'un très jeune officier en tenue, que j'allais me permettre d'accoster sans réfléchir à ce que celui-ci aurait pu éventuellement me dire, en attente du prochain déluge.

Je savais que j'allais procéder de la façon suivante en faisant fonctionner tout mon imaginaire. « Passager, cherche en vain cabine n° 710. » Et j'allais bien voir ce qu'il me reprocherait peut-être ? Je savais que dans ce cas-là, il fallait être le plus concis possible avec ce type de personne faisant partie des navigants professionnels. Alors, j'apprenais que je me trouvais trois ponts au-dessus de ma destination. J'avais comme l'impression que ce charmant officier allait s'évanouir devant cette proposition. Il a souri, puis il est reparti.

Céline continuait sa course folle au travers des pages de lecture. Elle savait parfaitement que son chéri détestait rester en place, et qu'il aimait demander, accrocher le sujet. Maintes fois, elle m'avait dit que j'étais un sale type, aux mains pleines d'amour...

La porte de bois laquée de la cabine n° 710 s'ouvrait sur un espace confortable, occupé par un lit-banquette, un meuble rustique et un pouf. En ce jour, tout sombrait dans ma tête. Je n'en demandais pas tant, mais heureux, tout de même d'être ici.

Je me souvenais tout à coup qu'un autre bateau avait sombré en mer voilà quelques années, enseveli complètement sous le poids des vagues, passagers portés disparus, et que ses carlingues s'étaient transformées en d'impitoyables décors de corps, restant pendus aux branches d'arbres dénudés de feuilles. Et c'était en hiver. Et c'était la mort qui survenait pour ces êtres humains. Alors pour moi, c'était l'heure accusant la chance d'être de ce monde. Ce qui n'empêcherait point de chercher le gilet de sauvetage et de vérifier sous toutes les coutures ses utilisations, et m'étais dit alors : « On peut partir en toute sécurité. »

Cette fois, Céline s'était complètement affalée dans son fauteuil. Le livre au sol.

Au pont supérieur, quelques passagers assistaient à la manœuvre d'un autre bateau : une espèce de navire quittant le port maritime dans la nuit fraîche.

Je savais qu'après demain, ce serait alors une autre destination.

Malgré les trop nombreuses revues de l'agence de tourisme : des prospectus, des plans indiquant les tarifs, les escales, les repas, les soirées folles à bord des différents bateaux et qui expliquaient avec détails la marche à suivre, je réalisais encore bien mal ce genre de festival.

Il ne me restait donc pour occupation que la lecture du dernier livre que j'avais acheté à bord. Je regagnais ma place auprès de ma chérie. Je savais qu'un riche mariage avec elle me serait impossible pratiquement. Je devais m'y résigner malgré un petit faible pour sa corpulence et son dévouement. Je savais que cette femme demeurait pour moi plus qu'une amie. Et pourtant, j'avais comme un doute, lui jetant un clin d'œil, la serrant tour à tour dans mes bras, me refusant à tout rapport quel qu'il soit pour le moment.

Il y avait des jours où certains doutes me gagnaient l'esprit et je me disais : « Je sais qu'un jour, peut-être elle voudra autre chose qu'un baiser, que de l'amitié, mais dans l'immédiat je m'y refuse totalement. Prenons le temps de se connaître. Et ensuite cela se fera. »

Il est maintenant vingt-trois heures. Je dois la réveiller. Elle ronronne tendrement comme une petite chatte, et soudain elle revient à la réalité : « Quelle heure il est ? – Un peu plus de onze heures du soir ! »

Les repas sur une croisière ont la grande vertu d'occuper quelques heures quotidiennes. Je voyais plusieurs personnes s'annonçant auprès du maître d'hôtel qui les installait aux tables réservées. Cet homme qui orchestrait si bien la cérémonie gastronomique avec jubilation.

Au fond de la salle, le pianiste noir américain réajustait son nœud de cravate et achevait son répertoire, se levait et saluait.

Chacun regagnait ses quartiers de noblesse.

Une rude journée pour demain s'annonce, ai-je dit à Céline.

Le soleil perce par le hublot de la cabine et vient frapper nos nuques à intervalles réguliers. Il joue avec nos peaux déjà ombrées et sages, et la mienne s'intimide un peu à ses égards.

En revanche, Céline a le teint mat et les rayons ne pourront plus l'atteindre. Enfin, pour le moment.

Le balancement du bateau fait l'effet d'une berceuse efficace.

Réveil à neuf heures, avec petit déjeuner au lit, servi par un très sympathique jeune homme de la vingtaine environ. Ce jeune garçon me fait l'effet d'un étrange démon au visage basané à qui une nationalité bien précise me serait difficile de lui attribuer.

La généreuse collation nous est servie, accompagnée d'un programme pour cette nouvelle journée qui démarre. Il est déjà presque dix heures. Céline vient juste de se réveiller, s'étirant comme une chauve-souris. Et vite un peu de gymnastique entre les draps et les couvertures. Ca y est, cette fois elle émerge ! Une demi-heure après, un rassemblement pour une séance de gymnastique en plein air, et un petit peu de jogging sur les ponts supérieurs.

Le soleil brille et dessine des fresques au niveau des vagues. C'est magnifique.

Onze heures sonnent. Changement d'atmosphère. Maintenant le sauna, le bain à remous, un bain pour les « curistes » un peu « rouillés » de la croisière. Tous les autres, y compris les biens portants affluent les uns derrière les autres, une serviette de coton nouée autour de leur bassin et une autre à la main, leur trousse de toilette attachée en cordée autour de leur poignet. Un numéro de clé indique les vestiaires et les boxes à respecter. La piscine a raison de leurs dernières volontés.

Il est bientôt douze heures trente. Un bruit de gong indique le dernier coup de poing à offrir aux énormes ballons gonflés de sable et d'air. Céline semble très bien s'accoutumer à ces jeux agressifs et masculins. Quant à moi, j'éprouve quelques difficultés momentanées à suivre le rythme de l'envolée.

Treize heures : jeux sportifs et éducatifs. Je signale à ma voisine de vestiaire les bienfaits de ces jeux. Elle sourit.

Quatorze heures : c'est l'heure de la première collation. Et comme à l'habitude, chaque activité sportive conditionne notre look. Par exemple : passer un nouveau maillot de bains, un nouveau pantalon de mousse légère, passer une nouvelle paire de chaussures, et que de vêtements toujours enfilés à vive allure...

A l'heure dite, le commandant de bord accueille ses hôtes un par un, sable le champagne en offrant à chacun une petite coupe accompagnée de petits gâteaux traditionnels.

Il se fait tard maintenant, et quelques points lumineux percent la nuit. Des rochers traversent ma vue au loin, le long des côtes, ainsi que les vagues qui les heurtent. C'est extraordinaire d'admirer ce spectacle la nuit, lorsque tout est silence, seul le bruit des masses d'eau vient claquer doucement la coque du bateau. La mer force quatre, secoue notre cabine.

Je me dirige vers la bibliothèque, cet unique endroit où l'on peut percevoir les vagues venant s'écraser sur la coque et où les machines redoublent d'efforts pour éviter les effets de « montagnes russes ».

Les ponts supérieurs sont déserts ainsi que les autres salles du rez-de-chaussée.

Ma chérie bouquine toujours et jure qu'elle ne s'est même pas aperçue qu'elle se retrouvait seule sur le pont. Je consulte le programme qui me fait office de carte géographique et de boussole. A l'affiche, soirée-spectacle suivie d'un dîner. Des hommes, des mécaniciens et autres spécialistes qui travaillent sous nos pieds. Pour eux, le cinéma est leur point d'eau. Sur la scène, une ambiance cavalcade.

Minuit. Je file un petit rendez-vous accompagné d'une tendresse à Céline. Nous nous dirigeons vers le cinquième couloir conduisant aux boxes réservés au personnel navigant. Normalement, il est strictement interdit d'y pénétrer, mais nous le faisons. Elle me suit pas à pas, peu rassurée. Les passagers se trouvent au salon. Les uns consomment des boissons, les autres discutent entre eux. Le silence est respecté.

Quant à nous, nous errons comme des sans domicile. Je tire la porte coulissante et vais m'asseoir sur la banquette. Céline me dit que cet endroit n'est pas fait pour bavarder. Nous allons aussitôt vers un autre boxe. Elle prend même les devants en se dévêtant. Une petite sonnette d'alarme en cas d'incendie se trouve juste au-dessus de nos têtes. Je pousse le bouton, et quelques secondes après arrive un homme, la quarantaine, qui désire absolument nous sortir de cet endroit. Il insiste. Il commence à s'énerver. Il ne nous effraie pas, au contraire, on se met à pouffer de rire et nos gémissements rendent euphoriques les passagers d'à-côté. C'est extraordinaire et délirant. Les rayons de la pleine lune traversent le hublot de la cabine et indiquent clairement les parties de nos corps. Inconsciemment, elle se recroqueville sur elle-même et adopte la position du fœtus. Nous avons soif et le signalons à l'homme. Quelques minutes s'écoulent, lorsqu'il vient nous servir deux boissons. Céline me demande de mettre cette fois-ci la petite pancarte sur laquelle est écrit « Do not disturb » sur la porte. Puis nous nous endormons paisiblement, en attendant la nouvelle reprise pour cette croisière qui ne semble jamais se terminer.

Sept heures du matin. Le bateau blanc est complètement immobile aux abords des côtes d'Athènes. J'essaie en vain de décrypter où nous sommes, mais je n'y parviens pas. Par le hublot, j'observe l'agitation de la mer, et tout au loin d'autres cargos également immobiles.

J'enfile mon maillot de bains et un tee-shirt et fonce à l'échelle de coupée pour un premier débarquement. Les passagers attendent impatiemment, passeport en main, le bon vouloir des autorités grecques et de leurs fonctionnaires, les douaniers marins. A terre déjà, les marchands de souvenirs en tout genre sont groupés autour de la passerelle. Ils arrivent comme ils l'avaient sûrement espéré.

C'est la destination désirée de ces passagers de l'espoir, et leur voyage sera fait de bons souvenirs. Céline et moi

56

restons immobiles . Une heure de plaisir à contempler sur les ponts supérieurs, la douceur du climat, la fraîcheur de l'horizon, la saveur de l'eau.

C'est l'après-midi.

Un dernier verre au bar, et notre courte escale grecque va se terminer dans les limbes de la mer. Armés d'une seconde sélection de cartes et de livres, nous nous installons face à l'océan, sur le pont supérieur le plus intéressant du bateau car c'est à cet endroit très précis que s'allongent en petite tenue, hommes et femmes en toute liberté pour leurs corps. Le bateau glisse sans force sur les vagues courtes assassinées par tant de bateaux les ayant froissées douloureusement. Subitement, une cinquantaine de petits poissons gris et leurs progénitures surgissent le long de la coque. Une bonne moitié des passagers se lève précipitamment et se penche au bastingage : une émouvante série de formes les plus diverses. Des formes corporelles. Je m'amuse à deviner lesquelles des plus diverses s'offrent à cet instant sur le pont. Les plus prometteuses.

L'incontournable déjeuner m'ayant fait échouer sur un autre pont supérieur comme une soupe de tortue posée là, sur la table, l'après-midi en croisière se passe sans aucune extase au préalable particulière. L'intérêt, dans une croisière réside en réalité dans la gestion de notre temps et surtout à ne rien faire, tout en nous servant des moyens mis à notre disposition pour vite oublier nos habitudes quotidiennes ; nos soucis. En résumé,

on risquerait de s'ennuyer ferme au bout du quatrième jour de traversée, s'il n'y avait aucun élément de surprise qui vienne nous agripper.

Voilà que Céline se décourage par moments, comme lassée, fatiguée par cette croisière.

Je lui dis que nous sommes sur le retour de nos vacances, et que le bateau amorce un virage. Je le vois épouser le dernier coin des vagues, pour enfin nous ramener à notre point de départ. Elle prend en compte ce que je lui annonce, ce qui ne nous empêche pas d'aller nous jeter dans l'eau du bassin, malgré son refus lorsque je le lui avais proposé la toute première fois. Elle me suit. Elle devient prétexte pour que je fasse quelques brasses. A la surface de l'eau, un reflet blanc , le sien, qui m'indique sa présence. Et la nuit reprend ses droits de noblesse.

Un jeune mécanicien, en maillot de bains, s'aventure à notre niveau, demeurant accoudé aux tiges métalliques cerclant la piscine, une cigarette aux lèvres. Puis il nous quitte, nous saluant délicatement. Notre bain dure une bonne partie de la fin de la soirée et de la nuit, puis ensuite nous allons nous reposer dans le silence de notre cabine, cette fois bien à nous.

Le bateau amorce maintenant la ligne droite, la ligne finale vers le continent, mais les côtes brunes du pays ne seront en vue que très tard dans la nuit. Céline quitte la piscine et erre dans les couloirs, son soutien-gorge à la main, une serviette de coton nouée autour de sa tête, pour la direction de la cabine. Quant à moi, je me sacrifie volontiers à la tradition en posant avec une dizaine de passagers. Le photographe de bord est là, après quoi, la photo nous est remise gracieusement. Nous sommes déjà toutes et tous des ombres jaunies par le soleil et l'eau. Et enfin un dernier spectacle de tradition nous sera offert durant la nuit, clôturant ce retour, accompagné d'un dîner.

Céline est assise à une table qu'un maître de bord nous a désignée. Les lunettes sur ses cheveux, et une petite tenue légère l'habille. Elle fume et boit savamment, tout en lisant une revue. Nous ne savons plus quelle heure il se fait. Nos montres sont restées dans nos bagages. Simplement, le ciel s'est couvert d'un voile bleu et or, et les bâches des canots de sauvetage claquent dans le vent pénétrant, mais chaud. Sur le pont supérieur, nous apercevons s'approcher peu à peu Athènes, et dans l'instant, j'ai l'étrange sentiment que rien ne pourra nous arriver sur cette montagne d'acier soigneusement étudiée qui nous aura permis un peu de rêver et de vivre ce rêve, tout du moins en ce qui me concerne, un rêve au-dessus des moyens de notre époque.

Et le bateau blanc se dirige maintenant en ligne droite .
Nous arrivons à destination.

Il fait très chaud.

Je sais que parfois les chemins du rêve croisent ceux de
la réalité, et c'est si bien la fin de notre fabuleuse croisière
de quelques jours, comme pour une mise en scène d'un film
sans fin.

Mais notre histoire ne se répètera pas toujours, et le
bateau blanc continuera sa route.

Tant qu'il y aura des hommes, des femmes, des enfants,
et des souvenirs à emporter...

# Seul, un homme

Treize heures.

Il entre discrètement dans le magasin. Toujours bien habillé. Discret. Délicat. Age et origine indéfinis. Pose son parapluie dans le coin du comptoir. Demande la livraison du jour. Tend un billet. Reçoit un jeton. Pousse un rideau de velours rouge et s'enferme dans une cabine. Depuis une quinzaine d'années les mêmes gadgets en plastique. Les mêmes livres réservés aux adultes cerclés d'un bandeau rouge. Il aime les caresser parfois de son index tremblant. Puis ferme les yeux…

Minuit moins le quart.

La boutique va bientôt fermer.

Il gardera en souvenir la jeune femme blonde qui a crié et qui l'a fait jouir. Immortalisée sur la pellicule. Nue dans ses sentiments. Et maintenant rendue célèbre.

La rue est vide.

# Une femme essentielle [1]

« L'air est doux... L'humidité est sourde et muette... Je t'embrasse. Tu veux des orages, des amours... Les gens nous observent ? Tu es le mange-monde, le mange-cœur... »

Et maintenant, il lui offre un bouquet de fleurs et, jetés dans la foule de ce samedi pluvieux, ils s'aimeront.

Laura souriait, radieuse, heureuse... enfin, marchant vers l'homme choisi. Leurs mains se nouèrent. Ils s'éloignèrent de la foule en délire où une voiture rouge les attendait.

Ils s'embrassèrent encore une fois parmi toutes les fois. Leurs lèvres entrouvertes semblaient se parler, goûtant avec délices les préludes d'une nuit à venir pas comme les autres.

Nuit interminable...

Pour la vie ?

Cachée dans ses bras forts, elle s'endormira pour la énième fois dans une chambre d'hôtel réservée une semaine auparavant, avec vue sur la mer et à deux pas d'un casino. Une chambre bercée par le frou-frou des vagues ; bercée par le frou-frou des feuilles des palmiers de cet hôtel situé dans un petit coin du monde où le climat est toujours égal à lui-même.

Ils goûteront à la chaleur du soleil couleur mandarine.

Laura avait vingt ans.

Paul, vingt ans de plus.

Elle aurait voulu être artiste peintre, mannequin, danseuse.

Ils auraient tout le temps de se raconter leur vie.

Mais une chose est sûre : ils n'auront jamais d'enfants.

---

[1] Marcello Pandolfi, Une femme essentielle, nouvelle publiée en livret, dans le cadre d'un atelier d'écriture, sous la direction de Danièle Sallenave, Paris, les ateliers de la NRF/Gallimard, 2012, p. 41.

Quinze belles années passèrent ainsi dans une atmosphère de douceur, de bien-être.

Une vie de parfum de mandarine…

\*

Ils partagèrent tout jusqu'à l'existence de leur regard. Paul avec ses yeux bleus, émouvait toujours Laura, et la jeunesse de Laura émouvait sans cesse l'âme de Paul…

Ils pensèrent longtemps que le désir était quelque chose d'immortel.

Au bout de quinze ans de vie commune, il la prenait dans ses bras et l'aimait comme au premier jour.

Mais, hélas, le désir s'abîmait peu à peu.

Laura continua à s'offrir, mais son plaisir, lentement s'étiola.

L'habitude sans doute.

Elle mimait l'extase, celle qui ravit l'homme qui vous honore.

Dans l'intimité de la chambre, il lui arrivait de rêver, honteux à d'autres étreintes…

Un jour, elle détesta ses mensonges.

Il sortit.

\*

De retour à l'appartement, il soupira profondément.

Il avait, semble-t-il, passé sans transition de l'angoisse au rire.

Un petit rire discret.

Désormais, Paul sortirait, une fois par semaine, le mardi de préférence, à la même heure.

Et elle ne lui poserait pas de questions.

\*

Une fois, elle s'abandonna, et s'offrit sans plaisir.

Une nuit de comédie ?

Et ces corps qui restaient muets au bonheur.

Une autre fois encore, elle feignit le sommeil pour échapper à ses caresses.

Paul et ses envies de caresser sans cesse le corps de Laura, sans le violenter.

Elle s'obligea à geindre.

Une semaine, un mois, pendant plusieurs années encore ?

Deux corps entiers murés dans une froide indifférence.

Lui : Je ne suis qu'un homme chahuté par l'amour.

Elle : Je t'aime encore.

Il tenta de la croire, redoutant de la perdre.

Lui : Tu as gagné.

Et il poursuivit : Je ne suis qu'un homme chahuté par l'amour.

Elle : Un simple jeu ?

Paul s'accommoda de nuits sans amour.

Pourquoi ?

Se croiser chaque matin dans la salle de bains.

Lui : Tu me sembles renaître !…

Laura haussa les épaules.

Il s'agaçait.

Il sortit.

C'était l'été.

Un violent orage éclatait sur la ville.

La pluie frappait les carreaux du salon.

Laura revisita son passé…

*

Il poussa la porte d'un café célèbre de la place de Paris, commanda une boisson alcoolisée au comptoir et alla s'asseoir à une petite table.

Le crépuscule s'installait sur la ville.

Il sortit un livre de la poche de son imperméable, et plongea aussitôt dedans.

Les clients entraient et sortaient sans se voir.

L'orage cessa.

Les boulevards grouillaient de monde.

Il termina son verre, referma le livre, paya sa consommation, et quitta le café.

Il marcha très lentement dans la rue.

Cela faisait maintenant presque deux heures qu'il avait quitté Laura.

\*

Au café, il se sentait bien. On l'ignorait. Il pouvait vivre une histoire.

Peut-être sa propre histoire en toute tranquillité.

L'habitude était prise.

Il s'assoirait à la même table et commanderait la même boisson : un whisky sans glace.

\*

Enfin, il donnait l'illusion d'aller mieux. Ce qui réconforta Laura.

Lui : Tu es toujours ma femme aimée.

Il lui baisa la main. Et lui servit du thé.

Laura acquiesça.

Elle espérait qu'il saurait faire le premier pas et viendrait à elle... différemment... peut-être.

Il posa sa tasse, se leva du canapé, l'embrassa furtivement sur les lèvres et entra dans la salle de bains.

Laura le suivit.

Elle se maquilla pendant qu'il se rasait.

Lui : Je suis presque heureux.

Elle ne répondit pas à son souhait.

Il fronça les sourcils.

Lui : Tu as raison.

Elle se contracta imperceptiblement.

Laura sourit.

Elle quitta la salle de bains et s'abandonna dans le canapé du salon.

Il vint la rejoindre, le corps enveloppé d'un peignoir.

Il l'étreignit de tout son poids.

L'étreinte s'était emparée de tout, même de la douleur qui les habitait depuis longtemps.

*

Les jours s'égrenaient au rythme des sorties de Paul.

Il la prit par la taille.

Ses mains glissèrent sous son pull, découvrirent sa peau ferme et douce.

Elles se rassasièrent de cette femme, qui, autrefois gémissait, et qui, aujourd'hui s'offre doucement.

Le visage de Laura ne souriait plus, mais ses yeux étincelaient encore.

Elle s'écarta de Paul, passa les doigts dans le désordre feu de ses longs cheveux, puis elle l'accompagna jusqu'à la porte et l'embrassa.

Lui : A plus tard.

*

Il entra dans le café et s'assit à la même table.

Il commanda la même boisson : un whisky.

Puis il plongea dans le livre.

Page 108, chapitre 5 :

« ... *Elle était déjà tout contre lui ; contre son grand corps chaud. Elle était déjà tout contre lui, lèvres offertes. Haletante, rose d'un émoi oublié. Elle se détacha de cet homme qu'elle venait d'embrasser si passionnément. Son cœur cognait. Emu, il la fixa du regard. Puis il couvrit le visage de baisers fiévreux.*

« *Je m'appelle Elsa. Je suis journaliste de presse.* »

Son imagination voyagea plus vite que la raison.

« Elsa-Laura... Laura-Elsa... Deux A, donc deux amours... Est-ce possible ? »

Il rouvrit les yeux, inspira profondément, et commanda une deuxième boisson : un whisky.

Puis il continua sa lecture :

*« Elle avait à ses pieds une valise de reporter. Ils se tenaient la main. Nous ne sommes pas pressés, dit-elle.*

*Elle l'embrassa juste au coin de la bouche, là où le baiser se fait plus délicat, plus sensible, plus précis. Il ferma les yeux.*

*Je veux être seul avec toi, lui dit-il, oui seul !... »*

Il referma le livre, paya sa consommation, et quitta le café.

\*

Il emprunta des petites rues pour se rendre chez lui.

Il se faisait tard. Laura dormait déjà.

Il s'allongea près d'elle en prenant soin de ne pas la toucher.

Elle se tourna vers lui.

Il aimait les petites rides qui marquaient ses yeux : rides de douleurs, rides de solitude...

Il reconsidérait cette presque inconnue.

Il caressa doucement sa main.

Et il s'endormit en pensant à Elsa.

\*

Paul refusait de s'installer dans une relation qui lui imposerait des habitudes et des contraintes. Mais il ne pouvait, maintenant, se satisfaire que d'une seule femme. Certes, il voulait ne pas la gêner, mais il ne pouvait s'empêcher de la regarder et souhaitait ardemment la connaître.

Elle captait si bien son message avec force.

Le nom d'Elsa résonnait dans sa tête, et voyageait dans ses pensées…

Il ne savait plus.

Il les « regardait », *Elles*…

Sa vie d'avant, cette vie qu'il avait voulue parfaite et qui soudainement se lézardait.

« Laura, tu étais, autrefois, le mange-monde, le mange-cœur… »

Laura l'embrassa pour le faire taire.

Elle ne voulait pas entendre les mots qui désunissent, qui mangent l'esprit, mais elle accepta quand même cet amour de papier…

\*

Paul retrouva chez Elsa, une femme plus sophistiquée et plus sensuelle que la sienne, avec des yeux et des lèvres affamés.

Il ne pouvait plus passer son temps à faire d'elle une métaphore, une silhouette que l'on explique en longues phrases creuses.

Ce n'était plus suffisant.

Il fallait la faire exister d'une manière ou d'une autre.

\*

Ce soir, Elsa dort dans les pages glacées du roman, où la femme-métaphore se résume en une vingtaine de lignes. Il lui fallut un nom, car toute son humanité dépendait d'elle.

Il lui donna un titre : « UNE FEMME ESSENTIELLE ».

Il se dit enfin , que ce titre ne serait qu'une histoire de maux, et que sa vie n'en serait pas bouleversée pour autant.

Et que, entre Elsa et lui, c'était juste…

\*

Octobre.

L'anniversaire de leur mariage approchait.

Il ne tomberait pas un samedi, mais un dimanche.

Il pleuvrait.

Sûrement.

*

Ils se retrouvèrent en fin d'après-midi.

Il s'allongea contre elle, cherchant refuge dans ses bras.

Ils ne firent pas l'amour.

Elle le berça comme l'enfant que jamais elle n'avait eu.

Et il finit par s'endormir, la bouche dans son cou.

Elle le veilla.

*

A l'aube pâle, elle referma le livre, dénoua son étreinte, caressa sa joue pour le réveiller.

Il pleuvait.

Et elle devina sa tristesse...

# Jeune et con

Je suis jeune et con. Ni laid ni beau. Ni grand ni petit. Au goût du commun des mortels. Hum ! Je m'aime ? Un peu, on dira ça comme ça. Les gens de ma sorte il en naît beaucoup par jour et dans le monde entier. Et j'y pense tous les jours que Dieu fait. J'aime pas l'école. J'aime les bonbons qui collent au palais et aux doigts. Faire du roller. Je repose là. Tel un mort décidé. Du matin au soir je voudrais vivre avec un préservatif, une sortie de boîtes et un pétard. Le mercredi me fait bander. C'est mon jour préféré. Je médite. Je suis un rien jazzy quand je tortille du cul. J'aime Diana. C'est une chanteuse de variétés. Je n'épingle plus rien. Ni les courses de ma mère ni mes copies. Je veux une bouche avec des grosses lèvres naturelles ou peintes. Je veux un lit. Je veux une dame. Je veux crier et la faire crier. Dans mon univers de silence. Silence SVP. Je veux des bouches à dévorer. Je les veux fardées, pleines, gourmandes. Tout de suite. Tout me fatigue : Montaigne, Pascal, Rousseau, Balzac et tous les autres. Ainsi je tends une oreille. Je ne veux plus passer mon bac. La prof de maths me mate. Je la sens venir dans mon avenir. Mon avenir ? Des nuits agitées… Ca me donnerait la nausée. Mais pas celle de Sartre. Je veux voir les vagues. Celles que l'Océan rejette à l'infini. Et où un pote m'attend. Un jour il me prendra de force. Me pénètrera. Et hop j'aurai enfin connu ce qu'est la vie quand elle  nous fait un petit dans le dos. Comme elle le fera avec le reste du monde. Et sans façon. Alors je chanterai sur la plus haute branche. Pour le moment, je vis. Suis dans le brouillard. Dans la complexité des choses. Les ressorts de mon lit grincent. Parce que je m'excite. Sachez que d'une main je tiens le livre de la vie, et devinez ce que je fais de l'autre ? Mais surtout ne m'en voulez pas : Je suis en train de naître… Signé : N.

# Le tableau inachevé [2]

« Je n'y arrive pas ! », soupira Paula en posant son pinceau. Elle regarda le tableau à moitié peint : une nuit claire, un réverbère, une femme allongée, visiblement morte, ou mourante, mais on ne pouvait distinguer son visage à peine esquissé. Au-dessus d'elle, une forme vaguement humaine tenait un couteau ensanglanté à la main.

Elle alluma son poste de radio : « Je vais me gorger de ton cadavre exquis… » La chanson de F., se terminait.

Elle en frissonna. Depuis plusieurs jours, les informations racontaient, avec forces détails, qu'un sadique courait la ville entière et tuait n'importe qui n'importe où, n'importe comment.

Pour se redonner du courage, la jeune fille sortit le journal du jour pour relire l'article qui lui était consacré. Paula remportait actuellement un triomphe dans une galerie parisienne.

La consécration déjà …

La nuit tombait.

Cette heure si creuse et si curieuse perturbait toujours Paula qui ne pouvait presque plus travailler. Elle savait alors qu'elle devait s'enfuir de cet appartement qui lui apparaissait tout à coup insupportable.

---

[2] Marcello Pandolfi, Le tableau inachevé, nouvelle, publiée dans la revue XYZ, N° 76, des auteurs Hors-frontières, Montréal, (Québec), 2003, p.83.

71

Elle entendait au loin les murmures des heures de pointe qui lui parvenaient comme une invitation à sortir.

Paula prit sa voiture et se dirigea vers un lieu qu'elle croyait calme et sécurisant au nom : « Petite Place des Amours » - centre de gravité de l'agitation humaine et plus particulièrement des personnalités un peu déboussolées ; ce coin des fantômes de la nuit.

Elle trouva des difficultés pour se garer, tant les gens s'agitaient. Des queues patientes s'étalaient devant les cinémas. Les cafés s'emplissaient et se vidaient très vite ; un dernier verre avant de rentrer.

Des bandes de jeunes, l'air vaguement menaçant, arrivaient de leurs banlieues et déambulaient devant les magasins de luxe qui fermaient.

Paula se mit à marcher, elle aussi sans but, à travers les rues piétonnes où, en quelques minutes, il n'y eût plus âme qui vive.

Bientôt, elle sentit un mal de tête l'envahir. Il s'installait à chaque fois que les tourments la reprenaient . Par exemple, le souci de terminer un tableau. Son étonnante facilité à peindre disparaissait au fur et à mesure que ses toiles se remplissaient : souci de ne pas pouvoir peindre ce qu'elle désirait.

En proie à une inspiration morbide depuis quelques mois, autant à cause de l'actualité que de son délire créatif et ses rêves étranges, elle ne peignait plus que des sujets sanguinaires, violents ou désespérés, qui la dégoûtaient elle-même.

Elle sortait le soir, traquait quelqu'un, n'importe qui, le tuait d'une manière ou d'une autre et observait quelques secondes la scène ainsi produite : le visage du mort ou de la morte, son habillement, la rue, les maisons, la couleur de la nuit, les bruits étouffés, l'ambiance dégagée par son acte.

Ce manège macabre se poursuivait depuis suffisamment de temps pour qu'elle se soit rendue compte, avec effroi, qu'elle atteignait la limite supérieure de sa folie, même si elle accomplissait ses crimes en toute conscience. Leur réalisation s'imprimait dans son esprit comme une photo et cela lui permettait de peindre des toiles extrêmement réalistes. Elle n'avait encore montré à personne ses nouvelles œuvres, mais elle savait qu'elles étaient les meilleures, peut-être, de tous les temps. En les regardant, on ne pouvait déterminer où se terminait le drame et où commençait le tableau.

Paula était persuadée d'atteindre un jour l'absolu, ce que tant d'artistes recherchent depuis que l'art existe : la fusion de la fiction et de la réalité.

Elle sentit tout à coup qu'elle approchait de son but, et prise subitement d'une énergie nouvelle, elle commença son enquête.

Paula marcha de longues heures.

Elle se trouvait à présent dans un quartier de la ville qu'elle ne connaissait pas. Des immeubles en ruines trônaient au milieu de terrains vagues peuplés d'une multitude de chats affamés, à l'affût du moindre mouvement suspect. De rares voitures passaient à toute allure, pressées de quitter cet endroit à moitié abandonné.

En tournant dans la rue la plus éclairée, rue F., Paula aperçut sa prochaine victime. C'était une femme assez grande, encore jeune, vêtue d'un imperméable blanc et qui, juchée sur des talons aiguille, incongrus dans ce quartier misérable, se dirigeait vers une usine désaffectée qui bouchait la rue.

Paula, fredonnant son air favori, sortit un couteau de la poche de son manteau et pressa le pas. Elle ne pouvait lui échapper. Elle se rapprochait très vite de la jeune femme qui, manifestement, ne se doutait pas de ce qui allait se passer.

Tout d'un coup, celle-ci se retourna et Paula put voir nettement son visage.

Ressentant subitement une frénésie meurtrière lorsqu'elle reconnut le décor de son œuvre, Paula s'élança sur elle…

Paula eut juste le temps de sentir une lame froide lui pénétrer le ventre. Elle s'effondra alors, et entrevit, dans un dernier éclair de lucidité, son tableau inachevé.

La femme morte reflétait son propre portrait…

# Grand-père Aristide

Grand-père Aristide, que tout le monde appelait ainsi au village, avait eu un père exceptionnel. Il avait été prisonnier à Sedan avec l'Empereur Napoléon pour le troisième du nom.

Sa petite enfance avait été bercée par maints événements et maints récits de ce haut fait, ou qu'il jugeait tels, grand-père Aristide était devenu subitement Bonapartiste. Aussi, chaque fois qu'il neigeait plus d'une heure d'affilée, avait-on droit à la remarque usée jusqu'à la trame : « Bon Dieu de Bon Dieu, ça me rappelle la retraite de Russie ! » Grand-père Aristide en étant venu dans sa vieillesse, à confondre le mot Empereur, ainsi que les guerres qu'il n'avait pas faites, et à associer dans sa mémoire quelque peu défaillante, la tragique conséquence de Sedan, les champs martyrisés de Verdun, car à l'époque il était déjà trop âgé et complètement devenu infirme pour les avoir connus, et les immensités russes de la retraite de 1812, ponctuées de morts gelés debout et bienheureux endormis à jamais, rêvant de gloire…

Quand je l'ai connu, c'était déjà un vieux monsieur qui racontait souvent des histoires de guerres, comme pour s'excuser de n'en avoir pas faites. Trop jeune ou trop vieux pour avoir tenu un rôle dans toutes ces tragédies, il disait ce que d'autres lui avaient raconté, et c'était un tribut qu'il payait aux héros inconnus. Le plus souvent très aimable et très jovial, il sombrait parfois dans de profondes rêveries, et sa raison vacillante semblait se lézarder encore quand il avait passé ainsi de longs moments avec ses fantômes.

Il vivait chez sa fille qu'il aimait tant.

Si la belle saison le voyait arpenter encore allègrement les prés et les champs de la ferme, ou guetter avec les pêcheurs les frémissements de la ligne dans l'eau claire de la rivière à truites non loin de la maison, l'hiver lui était pénible. Quand la neige tombait drue, quand la rivière charriait des blocs de glace, la débâcle de la Grande armée hantait ses nuits et la Bérézina gelait les pontonniers et noyait les grenadiers.

On n'osa plus lui dire qu'on était en 1940, avec tout ce que cela signifiait, accompagnant un pas cadencé d'hommes en marche.

Les descendants des Prussiens étaient arrivés chez nous. La rumeur parvint à grand-père Aristide. Que comprit-il exactement ? On ne le sut pas. On le vit devenir gris de fureur, mais muet. Il attrapa sa canne. Il aurait peut-être préféré un fusil de guerre pour se précipiter dans la rue, après quoi, il se serait planté juste au milieu, les bras en croix, vieux calvaire dérisoire, attendant la troupe vert-de-gris... Mais quand les hommes arrivèrent à quelques pas de lui, la section s'immobilisa, interdite, devant ce vieillard qui hurlait : « Les Prussiens ne passeront pas ! » L'étonnement se lisait sur les visages des soldats, un peu de crainte aussi, et une grande perplexité. Leur chef, qui comprenait le français, et avait peut-être eu un aïeul à Sedan, mais de l'autre côté, s'approcha du grand-père, le prit calmement par le bras, et se tournant vers sa fille qui accourait, lui dit avec un sourire plein d'indulgence : « Il faut le garder, madame ! » Et grand-père Aristide qui en était resté à ses fameux prussiens apprit ce jour-là le mot « allemand ». Dès lors, il ne sut plus rien du temps à venir. Recroquevillé dans l'histoire, il revivait Austerlitz, mais aussi Waterloo et Moscou en flammes, alors qu'autour de lui, sans craindre ce vieillard à la raison perdue, des compagnons de l'armée de l'ombre s'activaient en silence, dans ce petit village discret, autour de cette ferme à l'écart.

Un jour d'hiver, il neigea. Grand-père Aristide faisait quelques pas vers la rivière. On l'avait laissé aller. Il faisait doux, et de plus, on attendait des visiteurs clandestins venus aux nouvelles et au ravitaillement. Quand il aperçut les cosaques sortant du petit bois, quelques silhouettes furtives, noires, imprécises, camouflées par la neige qui tombait à grosses plumes blanches, dans un silence palpable, il comprit qu'il aurait été surhumain de chercher à résister. Les autres, qui se dirigeaient droit vers les bâtiments de la ferme, l'avaient aperçu, lui faisaient de grands signes ; ils allaient le poursuivre. Mieux valait rejoindre l'arrière- garde des rescapés, donner l'alerte, fuir. Il courut vers la Bérézina qu'il fallait passer coûte que coûte, sans l'aide des pontonniers du Général B.

Quand la tête du vieil homme heurta le rocher verglacé au milieu de la rivière en partie gelée, Aristide rejoignit la cohorte immense des obscurs, des petits, des sans-grade, les vaincus de la Grande Armée, ses vieux compagnons, en route vers l'Eternité…

*(Extrait d'une lettre retrouvée, à l'attention de sa fille Elise)*

# Un homme

La porte s'ouvre sur un vieil homme à lunettes, paisible et tutoyeur. Il est incapable de dire Monsieur à quelqu'un, fût-il roi, a prévenu un ami. Son pull en laine grise est ample et chaud ; son écharpe bien nouée. Il ne supporte pas le téléphone. Il préfère s'expliquer à vive voix. Mais hélas, et ce pour quelques jours, il devra laisser brancher le téléphone. On le sollicite de partout parce qu'il est un grand Monsieur, on dirait même une célébrité, pourquoi pas. Quand un bref sourire passe sur son visage de potache mélancolique. En sa compagnie, on boit un coup de rouge en mangeant un morceau de fromage ou les pommes du jardin qu'il cultive autour de sa cabane. Il l'a trouvée sur annonces. Cool le mec. Il adore cette expression. Henri est un gars d'aujourd'hui, totalement fait pour ce début de siècle. Ses poils de barbe ont blanchi, les murs de sa cabane ont jauni, les bouquins ont tout envahi. Il reste cool. Sur la cheminée, un bouddha en bois peint côtoie un bâton d'encens et des figurines en pâte à modeler. Il les a faites lui-même. Dans le couloir, une niche est aménagée pour les livres d'histoire spécialement ainsi que pour les photos de ses ancêtres. Il déteste les gens snobs ; il voudrait écrire la vie. Le cinéma est au cœur de ses écrits et de son existence. C'est un talentueux fantôme. Il ne se proclame pas du tout écrivain. Un artisan des mots, au mieux. Il boit aussi beaucoup de café. Il aime à se planquer derrière un nom ; derrière quelque chose qui le rassure et ne l'ennuie point. Il dit que sa vie n'a aucun intérêt et que seule la vie des autres le préoccupe. C'est l'essentiel, dit-il. Sa mère est morte quand il avait trois ans. Son père, un sculpteur de grande renommée dans la ville, travaillait sans cesse. C'était son humaniste.

Alors, le père meurt lorsque son fils a vingt ans. Il a deux frères et deux sœurs, et ces tristes années soixante sur le dos. A cette époque-là, lance-t-il, il fallait être habillé en bleu ou en gris, pas question de couleurs vives. Il aurait aimé devenir magicien. Mais au fait, le devient-on ? Il ne supporte ni les animaux ni les enfants : « Ils m'emmerdent tous ces mondes ! » Sa vie est modeste. La littérature le passionne ; il ne vit que pour elle. Il s'enferme à la librairie du coin, assiste à une séance de signatures d'un auteur connu, c'est tout. Il adore l'Asie et le bon vin. Il fume de temps en temps des pétards, laisse pousser sa barbe, voyage encore beaucoup. Ecrit des nouvelles  et aussi quelques poèmes. Il se prend au sérieux, de façon tragique. Le comportement d'un tocard par excellence. Cool le mec…

# Un exil éternel

Une petite voix indignée le rappela à l'ordre…

Il se sentait redevenir lui. C'était précisément la raison pour laquelle le Grand maître déclara au patron du théâtre sa façon de voir les choses. Le grand théâtre - c'était la Scala de Milan. Il fallait que Victor – Victor était l'imprésario -, admette les propositions et les sautes d'humeur de son confrère. Passionné et audacieux. Désormais, il resta seul. Bien sûr Jeanne éprouvait les sentiments les plus forts ; les plus profonds. Le vieux maître sûrement aussi, mais plus distant.

Les spectacles se succédèrent… Jeanne ne faisait que changer de toilettes. D'ailleurs, un haut couturier italien vint lui faire des robes sur mesure. Des positions de star au grand jour, des clichés photographiques en studio, des positions de lionne divine, des invitations qui s'enchaînaient les unes aux autres, des soirées des plus prestigieuses dans un monde fait de rêves, de larmes et de magie…

Des cheveux blancs, de jolis yeux bleus comme un ciel au-dessus d'une mer paisible. Il se devait d'orchestrer de plus en plus… Beaucoup de travail et de patience, d'heures, malgré son âge. Leste et toujours plein d'idées.

Jeanne prit quelques jours de repos pour se requinquer. Elle s'octroyait des heures de détente dans la grande maison. Des heures à renifler les parfums des fleurs et des plantes du vaste jardin.

Il est vrai que Jeanne était le modèle de Fosto.

Elle se rendait très souvent dans le jardin d'hiver pour s'y reposer ; y méditer. Après chaque concert, elle s'éclipsait discrètement.

Lorsqu'elle l'interrogeait à propos de ses compositions, un sourire malicieux se faisait jour au coin de ses lèvres, mais aussitôt un brin de tristesse s'installait dans son cœur qu'il essayait d'enrayer aussitôt comme une maladie honteuse. A chaque fois tout restait à faire et c'était Jeanne qui se devait d'intervenir rapidement, car sa mauvaise humeur se transformait en chagrin, et la jalousie en une douleur insupportable. Mais au fond de lui, il se sentait parfois vieilli. Il disait souvent qu'il n'aurait pas le temps nécessaire de tout faire sur cette terre. Il se cherchait une issue. Elle ne répliquait pas à ses propos, le laissant dire. Et parfois le soleil commençait à lui brûler le visage… On eut cru qu'une de ces mauvaises maladies venait le jeter au sol. Conscient de son état. L'amour exige un costume bien coupé, disait-il. Il ne pouvait oublier un instant son passé : l'amour qu'il avait porté à sa mère. En fin de compte, il transportait son corps comme un objet haï… Tantôt, il connaissait des instants de bonheur aussi, mais il avait l'impression que son corps l'arrachait à la raison.

Les seuls souvenirs sentimentaux étaient ceux de gestes beaux et tendres accomplis avec douceur - les gestes de Maria, sa mère. Puis vinrent ceux de Jeanne. Elle fut son élève ; sa gouvernante.

Et le grand théâtre de Milan, fut son fief…

Mais Florence était aussi la ville où il avait vu le jour un quinze décembre.

D'ailleurs, il partageait ses activités musicales entre ces deux lieux. Une fois un concert le dirigea à Rome. C'est l'endroit le plus gigantesque, disait-il.

… Et tout à coup le grand maître se mit à tousser, le visage tourné vers elle, dirigeant sa toux contre elle, comme une rancune.

Il reprit de sa voix brisée, en quittant le lieu .Voyons ma baguette… ma baguette ! répéta-t-il. Il eut l'air de perdre le mot, sans espoir. En sifflotant, en tâtonnant, il se faufila devant les yeux de Jeanne…

Celle-ci le laissa partir, mais avant que Fosto eut atteint les chemins poussiéreux de la ville que gonflait le vent, sa vision devint tout à coup vide. Il n'était pas fou, mais il commençait déjà à s'installer du côté de la folie...

*

Jeanne quitta le palier. Mais il était un peu trop tard...

L'homme avait disparu maintenant et il pouvait choisir sa direction...

Parfois, sa voix semblait se perdre complètement dans sa gorge. Comme des événements incompréhensibles seraient présents, là, au-devant de son visage, comme un film qui se serait déroulé dedans ses yeux ?

« Lorsqu'on quitte des images, ne fût-ce qu'une minute, l'intrigue progresse à une allure ! » disait-il. « Seuls les acteurs se déplacent à gestes lents et saccadés. » Et il poursuivit : « Entre les bras de la jeune femme, je ne crains pas du tout la mort. » Il savait. Il sut trouver là la triste parole ; la juste raison.

Sa tête avait tendance à glisser brusquement de côté, comme celle d'un enfant idiot.

D'une voix distincte, il prononça des mots lourds et inattendus.

Il fit chavirer sa tête en arrière pour saluer, pour embrasser l'air. Jeanne le ramenait à la raison, parfois, devant sa perte de raison intempestive.

La volonté et le courage de se battre jusqu'à la fin de sa vie, disait-il. Une unique façon de se surpasser et de dominer constamment la peur. Jeanne désirait encore jouir de quelques jours de repos supplémentaires. Des jours d'oisiveté.

Parfois, Fosto éprouvait une grande fatigue. Le médecin lui prescrivait alors quelques jours de repos.

Lorsqu'un jour, un malaise...

Puis un second malaise...

Le médecin vint à son chevet. Une dépression fortement marquée par quelques délires, une agressivité vis-à-vis de Jeanne. Un dégoût pour son travail.

*

Jeanne.

C'était une femme forte de tempérament et entreprenante. Ressentant subitement une envie de créer, elle banqueroutait vers son violon.

Fosto.

Le courage lui revint d'emblée. Il retrouva la scène.

D'ailleurs, une dernière répétition lui offrit l'avantage de se distinguer parmi les grands. Un programme chargé, avant le final.

- « Una prova d'orchestra.

- Una prova d'orchestra ? »

(Si, une preuve d'orchestre…)

Alors chaque fois que l'Ouverture du Divertimento numéro… pour cordes était inscrite sur le plan de répétition, il maestro annonçait sur un ton laconique : « Prêts ? Etes-vous prêts ? » sans un geste ou une parole supplémentaire. Jamais il ne regardait le premier cor pour vérifier s'il était prêt pour son terrible solo d'entrée. Il restait silencieux, sombre, tête penchée. Et c'est dans cette atmosphère sinistre et peu habituelle que débutait la répétition. Il avait l'habitude de commencer par une battue imperceptible, sa baguette ne bougeant que de quelques centimètres. Dans ce silence de mort, l'entrée du cor faisait l'effet d'une apparition fantomatique. Il battait très lentement la mesure à quatre temps. Cette mesure ne semblait jamais devoir finir, comme si elle se perdait dans l'espace. Respirant à peine, les cordes se préparaient à faire leur entrée. En quelques secondes, tout un univers sonore et merveilleux, féerique, naissait. Il ne donnait aucune indication au corniste, mais tenant le point d'orgue qui clôt cette mesure, il attendait que le son meure naturellement. Alors, après un coup d'œil lancé aux violons, le Chef, les mains bougeant à peine, se remettait à battre avec la même économie de gestes que pour le solo de cor. A première vue, jouer une croche suivie d'une double croche pointée semble simple , même pour un orchestre moyen, disait-il. Contrebasses, violoncelles à gauche, altos à droite ; une disposition bien particulière de ses musiciens…

Parfois il grondait ou murmurait : « Ensemble ! Ensemble ! » Puis, brusquement, en jetant un regard sévère à tout l'orchestre : « Non ! Non ! Da-capo ! D-a-c-a-p-o ! » Alors, tous ses musiciens recommençaient le tout début. Il éprouvait très souvent des moments d'excitation et de fureur. Il accentuait et dirigeait chaque morceau. Tout l'art était dans les manœuvres du corps et de l'esprit. Et tout l'art de sa direction était dans une grande économie de mouvements. Doté d'un caractère sporadique de la battue. « Vous ! C'est vous que je regarde ! Votre archet, s'il vous plaît, votre archet, Jeanne ! Votre archet ! Vergogna ! » Tous ces moments de répétition furent de terribles moments de torture et de sacrées épreuves pour les nerfs. D'autant que la récompense de tous ces efforts lorsqu'ils n'étaient pas couronnés de pleins succès étaient : Vergogna. ( Cruelles). Il se tournait vers l'orchestre : « Vous voyez, vous entendez ? C'est de la musique, non ? C'est quelque chose, hein ? Ce ne sont plus des notes stupides mais de la « musica ». Vous mettez quelque chose dans ces notes stupides ! « Corpo del vostro Dio ! »

Par rapport à la musique, il fut un mystique laïque, obsédé par des sonorités idéales qu'il avait dans la tête et qu'il s'efforçait toujours de  réaliser lors de toutes ses répétitions ou en concerts. Il était de toute évidence plus fragile que ses « lions ». Ils avaient besoin de son « amour » et un besoin constant de le consoler afin qu'il soit à même de les diriger. Ils gagnaient leur vie en lui fournissant le moyen de ses états d'extase. Rêveur, romantique et parfois intraitable, il portait en sa personne les principales images de son père.

84

« Chaque fois que nous jouons des œuvres de grands musiciens, par exemple de Mozart, et particulièrement l'ouverture du Divertimento, nous sommes sûrs de dépenser beaucoup de temps et d'énergie sur toutes les mesures », disait Jeanne. « Le Vieux » n'en semblait jamais satisfait. « Mais, comment ? Sachez que c'est grâce à lui que je suis devenue ce que je suis. Je ne pourrai jamais me permettre de le maltraiter. Je l'aime. » Effectivement, il rayonnait d'enthousiasme, faisait des mouvements de baguette comme s'il eut voulu écrire un message urgent. Pour « Il Maestro », entendre la musique n'était jamais suffisant. Il devait la sentir, la sortir de son ventre et voir l'effort en action. « Cette puissance, cette résonance : voilà ce que je cherche, et d'une manière constante. » Aucune autre approche ne nous aurait permis à nous tous de parvenir à ce joli résultat.

Il fallait se « mouiller » et s'investir à fond.

Une autre fois…

« Ce soir nous devons orchestrer l'Ouverture du Divertimento. Nous devons être les plus forts, et nous n'accepterons aucune erreur de notre part. Nous saisirons la beauté de la musique, et le cœur du public se mettra à battre de tous ses élans. Maintenant raisonnons calmement. » Et il poursuivit : « Je suis victime d'un grand drame , dit-il à Jeanne. » Elle ne fit pas attention à ce qu'il lui dit, quand quelques secondes après : « Je disais que nous serions victimes d'un grand drame ce soir, si… » A croire que le Maître perdait confiance. « C'est vrai, je réalise. Tu as entièrement raison. Il va falloir que je trouve une sacrée rage de vaincre. Une façon entre mille de combattre la peur, c'est de prendre sur soi, et de montrer sa volonté. Nous devrons faire vibrer les rythmes dans le cœur du public ! » Emue, Jeanne leva les yeux et le regardait. Il parlait pour la première fois d'une vie presque passée, voire d'une réussite totale avec beaucoup de pudeur, et il ajouta : « Encore un peu de courage ! Nous leur devons. »

Il passait maintenant d'un nuage noir à un nuage blanc, comme s'il ne s'était rien produit. Mais cependant, tout devient si vite gris, lui dit-il. Peu à peu, elle recommençait à l'aimer.

Et le grand rideau  rouge s'écarta, laissant apparaître une scène magique.

« C'est le destin des grands ouvrages romantiques une fois qu'on les a lus ! » disait-il. Et il poursuivit : « A peine le livre refermé, ils échappent à leurs auteurs et prennent l'apparence que notre imagination leur a donnée ! C'est nous, c'est moi, c'est toi, c'est tout le monde ! Désormais nous les avons modelés. L'air qu'on y respire correspond très bien au rythme de notre respiration : l'impossibilité de changer ou de vouloir changer la couleur d'un  ciel, le parfum d'une fleur. Mais quelles couleurs devrions-nous changer, si auparavant, nous étions venus nous distraire puis nous effacer subitement ? Oui, la musique nous offre ses séances de douleur, de chaleur, de fraîcheur et d'angoisse. Au premier tour de scrutin nous sommes tous là. Au-delà de l'apogée, l'histoire de la musique vous offre toutes ses sensations et ses lumières sous l'impulsion de nos idées. Nous sommes assis là, bien confortablement dans le velours rouge et or. Toute la saveur, toute l'ampleur, toutes les substances viennent à nos oreilles. Alors, on va assister subitement aux hémorragies déferlantes de soleil et de sang, de ces œuvres : la finalité des chefs-d'œuvre, la remémoration d'une fresque lyrique : le Requiem de Mozart, que bien sûr, un grand Maître va vous offrir. Le Grand Maître de la Musique ! »

*

… Et l'orchestre se mit à jouer. Chaque fois était la bonne. Il la fixa en orchestrant. Elle ne put que rester égale à elle-même.

La première partie de ce concert venait de se terminer. Les musiciens se reposèrent quelques minutes et se mirent en place pour la suite. Le grand maître regagna sa loge. « La musique est la barrière qui nous sépare ? » lui demanda-t-il. Jeanne ne répondit pas.

Le requiem de Mozart : ce morceau sonnait d'emblée l'amertume. Le public se figeait de plus en plus, et de plus en plus concentré. Tout devint silencieux.

Quand dans une envolée finale des violons, il s'écroula au sol.

Il fut ramené à sa loge. Quelques minutes après, il revint à lui, l'œil à demi fermé et la bouche de côté. Assis dans son fauteuil, on lui passa un mouchoir mouillé sur le front.

En effet, depuis quelque temps, il n'était plus lui-même. Au cours des invitations qui se succédèrent, ses proches amis le questionnaient, et à leurs yeux, il ne semblait plus être présent parfois. De son visage transparaissaient des images limpides, comme si la mort le guettait, comme si il se refusait à l'obéissance de la vie.

Une voiture le ramena à la maison. Ses proches s'en occupèrent.

Jeanne retourna au théâtre.

Les musiciens se remémorèrent en quelques paroles, autour d'un verre, ce qu'il fut. L'un d'eux divulgua honnêtement : « Avec lui, jouer n'a jamais été suffisant. Il fallait jouer la comédie de la force, avoir toujours l'air d'être fort et toujours le plus fort. Il exigeait de tous ses musiciens et bien sûr en n'épargnant nullement Jeanne, une approche dans le jeu musical. » Cela lui réussissait, c'était sa façon de diriger sa tribu. Parfois, les mouvements de leurs corps, et plus particulièrement de nos corps qui se balançaient nous rendaient presque ridicules, souffla Jeanne. Mais gare aux infortunés qui auraient l'air d'être en retrait. Car le maître fixait soudain l'infortuné musicien, transpercé par son regard. « C'est vous, vous ! » criait-il bras et baguette pointés, frémissant comme le harpon prêt à pointer, prêt à frapper. « Vous, c'est vous que je regarde. Honte à vous. Utilisez votre archet. Honte à vous. » Le pauvre musicien, dans un dernier sursaut, torturé, se crispait comme un fou, comme touché par un fil électrique sous haute tension. Le but était atteint, l'entrain, l'esprit, la bravoure. Jeanne : « Il avait extrait tout cela de nous. Il se passa de très nombreuses années avant que nous puissions rejouer certaines œuvres, les plus importantes. Et les coups d'archet, Paolo, te souviens-tu encore des coups d'archet déments que nous utilisions, il y a maintenant quelques années ? » Paolo sourit, ses yeux éclairés par les souvenirs. Et elle poursuivit : « Nous jouâmes de la façon la plus normale, avec fièvre bien sûr, sans le staccato virtuose. Tout se passa bien et le maître ne fit aucun commentaire à propos des coups d'archet. Je pense qu'il avait senti et entendu tant sur le plan artistique que pratique que sa tentative n'était pas viable. Mais tous ces changements étaient bien dans sa façon de fonctionner. »

*

Une autre année, il insistait avec un enthousiasme de « bête féroce », affirmant que certains musiciens fuirent le temps des coups d'archet ; la juste altération de toute l'orchestration. Une autre année, au même endroit, il pouvait changer ou bien encore revenir à une vieille idée, comme par exemple changer un trille dans l'adagio de la sixième de Beethoven, ou modifier l'orchestration à la fin de la troisième de Brahms ; changer une fioriture au début de la marche funèbre ( dans les basses) ; dans l'héroïque ou trouver un autre temps. Un autre tempo plus rapide. Comme dans le larghetto de la deuxième symphonie de Beethoven. Il disait alors pour lui-même, les lèvres pincées, le sourcil froncé : « Je crois qu'on a changé ? Mais je crois aussi que c'est mieux comme ça, d'accord ? » Et il ajoutait de son ton si modeste, si chaleureux, si sincère : « Vous savez, parfois, je suis stupide ! »

Le maître était inflexible sur le fait de vouloir jouer l'ornementation avec la plus grande clarté, sans accorder d'importance à la dynamique indiquée sous ces notes. De nombreuses et très violentes scènes éclatèrent simplement, parce que deux appoggiatures parmi d'autres de l'ouverture de Tannhäuser n'étaient pas jouées avec suffisamment de clarté. Il n'existait pas de crime plus odieux pour lui. Partout dans le monde c'est la même chose. En France, en Angleterre, en Allemagne, en Italie… (avec un sourire pincé), en Amérique, c'est toujours la même histoire ! Personne ne joue ces petites notes correctement. On n'entend jamais ces petites notes , disait-il. Puis, prenant avec l'orchestration, le ton de la conversation : « Wagner était un bon chef, pas seulement un compositeur. Oui, un grand maître ! » Il voulait tout simplement que tout soit parfait et sans bavure.

*

Il ne supporta plus la solitude. Elle le hantait un peu plus tous les jours, toutes les minutes de son existence. La perte de sa mère l'avait fait souffrir, et jamais dans sa vie avec Jeanne, il n'avait perçu des attirances car il savait très bien s'abstenir de tout et retenir ses larmes, malgré son âge, car disait-il souvent lorsqu'il était malheureux : « Tous les hommes pleurent, dans un moment de leur vie, pas seulement les enfants ; cela fait partie de l'humanité. »

Un jour, de retour des répétitions, Jeanne trouva le maître devenu complètement fou…. Il ne la reconnut point. Ses yeux devinrent totalement voilés, le bleu avait disparu pour laisser place à des orbites globuleux. Il s'était métamorphosé et n'était plus lui-même. Il avait perdu la raison, et n'était déjà presque plus de ce monde. C'est pourquoi, juste après son dernier concert qu'il donna en présence d'un public fidèle, il mit en page ces quelques lignes écrites de sa main encore toute tremblante, à l'attention de son supérieur, juste avant son évanouissement final.

*« Très cher ami,*

*Vous me connaissez depuis un certain temps et je suis sûr que vous avez eu confiance en ma conscience et ma bonne foi. Je serais le premier à partir s'il s'opérait un changement brutal dans les principes nécessaires à la vie des artistes et leur liberté spirituelle. Jusqu'à maintenant, la vie culturelle italienne n'a pas changé, et j'ai l'assurance du gouvernement que rien ne changera. En espérant que mes prestations vous auront été agréables, je vous prie de croire, Cher Ami, en l'expression de mes sentiments les plus sincères. »*

Pris de panique, son supérieur essaya de comprendre . En vain.

*

Le grand Maître gisait, étalé à côté de son piano. Le grand musicien, venait de s'éteindre, et emportait, pour la dernière fois, tous ses souvenirs…

Adulé de son public, que subjuguait sa sensualité à la fois perverse et enfantine, humilié par les échecs de sa solitude, conjugués à un amour impossible avec Jeanne, dont les nababs ne supportaient pas toujours les rebellions, il demeurera à jamais l'une des plus grandes figures de l'époque.

Son vœu le plus cher était exaucé. La mort était à tous ses temps, et à toutes ses plaintes une longue fatigue, un exil éternel…

# L'été

Elle le vit par la fenêtre.

Pour la première fois.

Pensait-il à une autre femme qu'il avait aimée ?

Avait-il l'habitude de laisser vagabonder mollement ses pensées ?

Dormait-il seul ?

Ecoutait-il de la musique ?

Aussitôt, elle chassa les pensées qui l'assaillirent.

Alors, elle s'efforça de rire de la situation, et d'elle-même.

Pour la énième fois, elle dînerait seule.

C'était l'été.

*

Maintenant, son nouvel appartement donne sur un parc privé.

Aujourd'hui, toute la ville repose dans un silence mou.

L'été n'en finit plus de s'étouffer.

Claire referme la fenêtre.

*

Elle se souvint que lorsqu'elle se leva le premier matin, le soleil répandait une lumière éclatante.

Les gros pins dessinaient des taches d'ombre sur le vert de l'herbe, et cela lui redonna du courage.

Elle se prépara un café et alla le boire au balcon.

Ensuite, elle tira quelques bouffées de cigarette en pensant à ce qu'elle allait faire de sa journée.

Elle se dit qu'elle pourrait bouquiner, rendre visite à une amie, faire une promenade, ne rien faire, ou faire tout cela.

Quand soudain, elle se sentit vaguement tendue et un peu lasse à la fois.

Alors, elle avala d'un trait son café, écrasa son mégot dans le cendrier, et alla s'asseoir sur une chaise qu'elle fit basculer sur ses pattes arrière.

Elle allongea ses jambes sur la rampe.

Le soleil réchauffait doucement sa peau.

Elle ferma les yeux.

Elle se sentit bien.

Ce soir, elle téléphonera peut-être à une amie et l'invitera au cinéma.

Et après la séance, elles dîneront ensemble dans un grand restaurant.

Ce qui se passe en elle en ce moment, est indicible.

Les saisons défilent.

Le corps doit se remplir d'émotions.

Les saisons défilent : imperturbables.

C'est ce qu'elle pense.

Et si une idée nouvelle lui passe par la tête, elle s'empresse de la noter dans un petit carnet.

Souvent, elle a l'impression de ne penser à rien du tout.

Parfois, un plaisir immense l'envahit.

Un plaisir si intense que, pendant quelques secondes, elle perd le contact avec la réalité.

Son cœur s'emballe.

Il est comme une petite balle qui rebondit dans toutes les directions.

L'amour palpite sur sa langue.

Elle voudrait aimer.

*

La journée suivante se passa comme la précédente.

Dans la canicule de juillet, elle alla faire ses courses.

Elle fit huit achats : un paquet de lessive, un kilo de thé vert, un paquet de bonbons acidulés, un kilo de farine, une livre de pêches blanches, des serviettes périodiques, de l'eau de Javel, et une éponge à gratter.

Elle fut surprise de constater que les gens étaient aimables et chaleureux avec elle.

A six heures, une brise tiède soufflait sur la ville.

Elle but deux tasses de thé.

Très lentement.

*

Sa chambre se trouve au bout du couloir.

Les murs de sa chambre sont bleus.

Au sol, un parquet qui craque sous les pieds.

Il n'y a pas de lampe au plafond.

Seulement, quelques cadres accrochés aux murs.

Sa chambre l'attend.

Elle y pénètre presque toujours allègrement.

Un appareil téléphonique sur la table de chevet.

Elle n'ouvre jamais les volets.

*

Une pluie de juillet qui martèle les toits.

Le vacarme est fort mais régulier.

Pendant quelques secondes, Claire se sentit bien.

C'était comme dans un souvenir : le soleil qui chauffe le dos.

Plutôt que de se laisser bercer par la douceur du moment, elle décida d'aller se coucher.

Claire était complètement exténuée, comme si elle avait avalé une poignée de somnifères.

Elle s'essuya le visage à l'aide du drap de coton, serra son oreiller entre ses bras, et plongea instantanément dans un sommeil fait de rêves profonds…

*

*… et la ville reposait toujours dans un silence mou, Elle percevrait déjà la chaleur qui émanerait de son corps qu'Elle devinait ferme et palpitant, lorsqu' Elle tournerait la tête, sa lourde chevelure caresserait son torse, des vagues de frissons hérisseraient la peau de son dos, lui caresseraient la nuque, lui masseraient doucement les épaules, lui mordilleraient le cou lentement, ses mains à lui tourneraient sur ses hanches, remonteraient vers ses seins qu'elles effleureraient à peine, puis elles glisseraient vers son sexe frémissant, Elle serait alors devenue une femme amoureuse, Elle aurait voulu le connaître vingt ans plus tôt pour mieux le posséder, Elle l'aurait imaginé plus influençable sûrement, il aurait porté des jeans troués, un maillot noir, une paire de baskets, un blouson de cuir, il l'aurait invitée à faire des balades en moto, ils auraient fait l'amour sur un matelas à même le sol, ils auraient fait l'amour plusieurs fois par jour et dès le premier jour de leur rencontre ils auraient fait l'amour là tout de suite et Elle aurait crié, Elle frôlerait sa main quand Elle passerait devant lui, « Donovan, Pierre, Nicolas… », si proche, Elle pourrait prendre son odeur ou plonger dans le bleu de ses yeux, Elle se dit qu'Elle pourrait le suivre s'il va aux toilettes ou se brosser les dents, Elle l'attendrait nuit et jour jour et nuit, Elle ne sait pas s'il lui ferait l'amour ce soir ou demain matin au réveil, Elle ne sait pas s'il se rendrait à l'université pour y donner ses cours ou s'il partirait pour une autre femme, Elle ne sait pas, Elle ne saurait pas, car c'est au quartier Latin qu'Elle s'apercevrait qu'Elle est de plus en plus amoureuse : « Je t'aime. », sa main envelopperait son épaule, pour rien au monde Elle le lâcherait, mais il lui arriverait parfois de détacher ses yeux des siens pour les poser sur les gens, Elle le trouverait*

tout à coup très jeune et peut-être sans expérience, mais Elle se sentirait soudainement à l'aise à ses côtés, Elle serait une pièce de métal coincée dans un étau, à travers les rues bondées de monde, les magasins bien achalandés, les parfums de toutes sortes, Elle prendrait tout à coup un air, un goût de tristesse « et s'il venait à me quitter un jour ? » Elle y songe parfois, mais aussitôt leurs yeux se raccrocheraient, il la dévisagerait, Elle voudrait le mordre juste là où ça risque de marquer, de saigner, mordre la grosse veine et la vider de tout son sang, Elle le mordrait là, dans le cou, cette impudeur, Elle oublierait qui il est exactement, Elle ne saurait rien d'autre que ce grand corps qui s'impose, ce lancinant désir qui lui colle à la peau, puis ils reviendraient à l'appartement avec un air déçu, seraient-ils fatigués ?, voulait-il lui faire l'amour en pleine rue ? Elle enfilerait sa robe de chambre en soie noire, Elle prendrait son cahier et son crayon, s'allongerait sur le lit, allumerait une cigarette, le contemplerait en souriant, il serait assis en tailleur sur le parquet qui craque sous les pieds, il poserait, Elle le dessinerait, il prendrait un air sérieux puis Elle ne saurait plus rien de lui, Elle l'observerait avec inquiétude, il ne saurait pas ce qu'Elle pense, Elle soupirerait lorsqu'il lui prendrait son visage osseux entre ses mains puissantes avec cette soif d'Elle qui lui travaillerait les tripes, Elle le regarderait écrire lire dessiner manger, Elle s'amuserait à penser qu'il est capable de tout, Elle déciderait de rester dans l'appartement, de ne plus déménager, de vivre uniquement dans la chambre bleue, Elle étirerait son corps, poserait automatiquement ses yeux sur lui, « son prénom ? », détacherait ses cheveux, suspendrait son geste, Elle verrait sa peau se colorer de rouge, la sentirait, la lécherait, la fixerait avec l'envie de l'engloutir, se rendrait à son corps une dernière fois, caresserait sa joue, embrasserait sa bouche, « Je t'aime. »

*

Claire s'arrache à son sommeil.
S'étire.
Sa tête est lourde.
Fébrile.
Elle va lentement jusqu'à la salle de bains.
S'asperge le visage d'eau fraîche.
Ses yeux fixent ses yeux.

*

Ce matin, il partit très tôt.
Il pleuvait.
Les voitures zigzaguaient dans les flaques.
Un son ouaté émergeait des moteurs.
Les bourrasques de vent brûlaient les joues.

*

Ses cheveux son bruns.
Bouclés.
Ses yeux sont bleus.
Sa bouche est sensuelle.

*

La nuit est déjà tombée.
Il pleut.
C'est une petite pluie tiède.
Il chasse les larmes en battant les paupières.
Il marche très vite.

*

Il sonna à la porte.
Elle ouvrit.

Aussitôt, ils se prirent par la taille et tournèrent jusqu'à tomber étourdis.

Ils s'embrassèrent.

Il ouvrit son imperméable et colla son corps chaud d'efforts contre celui de Claire.

Elle l'attira en serrant très fort.

Il promena sa main partout sur elle.

Elle le serra encore plus fort.

Plus fort.

Des larmes coulèrent sur le visage de Claire.

Puis il proposa d'entrer l'aimer dans la chambre bleue…

*

Claire va à la fenêtre.

En bas de l'immeuble, les arbres semblent incendiés.

Le soleil oblique et dore le gazon.

# Le funambule

Marius est un cas : inclassable. Ce qui est, somme toute, logique chez quelqu'un qui a horreur d'enfermer les autres dans des étiquettes. C'est comme ça, c'est la vie des autres, dit-il. Est-il alors un caméléon ? Un fou ? Ou bien un inconscient ? Un artiste ? Un rasta ? Un joueur d'échecs ou de tennis ? Un chasseur de trésors ? Certes, il est un peu tout ça... Mais aussi ? C'est un docteur disent les gens qui le connaissent très bien. Bêtement un docteur. C'est-à-dire une personne habilitée à donner aux malades des soins et de l'amour aussi. De l'amour. Surtout.

Neuf heures. Devant la porte du pavillon de l'atelier, quatre personnes attendent. C'est un lieu unique, ouvert à tous les vents, planté en plein milieu de l'immense hôpital psychiatrique – un établissement accueillant près de mille malades, des malades mentaux donc, des cas graves, qui vont et viennent, peignent et écrivent, sculptent ou font de la musique. Marius ouvre la porte de cet immense hangar grand comme le Louvre. On s'y perd, il y a des tableaux partout, des mots peints sur les murs, de très longs couloirs remplis de couleurs éclatantes ou sinistres. Marius est le maître de la maison, dit joliment un malade. Le lieu est très grand. « Parfois je me cache au bout d'une pièce. Et c'est vrai qu'à chaque fois les malades me cherchent. Ils ont besoin de savoir que je suis là. Dans ce lieu. »

A l'extrémité du bâtiment, un malade a insisté pour peindre sur une porte la silhouette de Marius. Bonne idée. Il est toujours là, comme un point d'ancrage. Rarement un lieu, a autant collé à la peau de quelqu'un. Dans les années 80, l'ancien chef de service de ce secteur psychiatrique ne savait quoi faire de ce docteur ; de cet homme agaçant, un peu surdoué et beaucoup prétentieux, toujours à part, n'en finissant jamais de jouer aux cartes avec les malades. Et ce psychiatre en chef lui a dit : « J'en ai assez de vous. Mais je suis obligé de reconnaître qu'avec certains malades, vous avez un contact unique. Alors, débrouillez-vous ! Faites un atelier artistique. Il y a des bâtiments libres. Allez-y ! »

Et ça a marché. « Au début, ils m'ont donné des gens qui étaient des surveillants. Et ça m'agaçait encore plus. Alors ils ont compris qu'il fallait que je sois seul pour être bien avec les patients. Ils voulaient tout diriger. » Marius précise juste : « Je ne pleure pas avec les malades. Quand ils viennent ici, je ne leur demande rien, et surtout pas pourquoi ils viennent. Leur dossier médical ne m'intéresse pas. »

Une scène cocasse. Ce jour-là, sous l'imposant plafond du conseil économique et social, se tenait un débat sur l'art – thérapie dans le cadre des maladies mentales. Dans le vaste hall s'étalaient d'immenses tableaux peints par des fous. Et pour y participer, du beau monde. Des psychiatres, des infirmiers, des surveillants généraux, des médecins-chefs, étaient présents. Et tous théorisaient et s'emballaient sur la créativité thérapeutique, dissertant sur l'art fou de cet atelier à l'origine de l'exposition. Marius ne disait rien. Puis à un moment, il lâcha : « C'est juste un peu d'amour. » Silence. Un médecin-chef s'exclama : « A qui appartient la propriété intellectuelle du tableau peint – une fois achevé – quand un malade n'a plus toute sa tête ? »

Marius en sourit encore aujourd'hui. Il en rit même. Les psychiatres, dit-il, quand ils viennent à l'atelier, ils veulent toujours récupérer les tableaux des malades pour les mettre dans leurs services. Pas de problème à son avis. « Les médecins veulent tout. Ils veulent être à leur tour, peintre, sculpteur, artiste, docteur, etc. Ils sont trop éloignés du réel. » Que ce serait bien si cela voulait dire que tout est simple et tranquille, sans trous noirs ni malheurs. Marius étant le miroir du bon sauvage qui passe à travers toutes les tempêtes grâce à sa naïveté. C'est évidemment une autre histoire.

Marius, c'est aussi une enfance en Polynésie française dans une famille pauvre, un père un peu âgé, beaucoup de frères et sœurs, et une mère qu'il adorait. Puis, comme tant d'autres polynésiens de son âge, le chemin obligé du départ, puis l'arrivée en métropole dans les années soixante-dix. La folie ne lui a jamais fait peur, au contraire. Faut-il y croire ? Je ne suis pas un sorcier, répète-t-il. Le passé ? Il n'en parle pas trop parce qu'il ne veut pas du tout se prendre au sérieux, ni des années de galère à Paris, ni de ces quatre voyages qui l'ont profondément transformé, l'un à Moscou, l'autre en Afrique, le troisième aux Etats-Unis et enfin le dernier en Australie. Et le résultat est bien là aujourd'hui, avec cette incroyable présence auprès de ceux qui souffrent, cette manière d'être comme un funambule devant l'autre, toujours sans le brusquer, sans l'oublier non plus. Il marche, il est là avec eux, n'ayant rien d'autre à proposer qu'un peu de musique ou un pinceau. Toujours très vigilant, jetant des coups d'œil pour s'assurer qu'untel est encore là. Il sait ce qui est beau. Parfois il y a des moments inouïs, comme cette fin d'après-midi. Alors que tout semble partir dans tous les sens, plusieurs malades se mettent à jouer de la guitare, à taper du tambour. Et ça prend, et ça reprend, et l'une se met à chanter. Et l'on dirait comme une mélodie. Les psychiatres n'aiment pas trop que les malades aient du plaisir, note Marius.

C'est maintenant l'heure du goûter, du médicament, des sorties, dans les services… Et puis il y a le soir. A cinq heures, Marius quitte l'atelier. Il part à vingt kilomètres de l'hôpital, dans une ferme. Une aile du bâtiment lui sert d'atelier. Là, il peint, seul, tous les jours, tout le temps, mais toujours après le travail. Il peint des êtres humains, des foules. Il peint à la Goya, des formes qui sortent de terre, qui peu à peu prennent des visages. Dans son atelier, il parle beaucoup de mort et de vie aussi. Il faut beaucoup en parler, dit-il, c'est ça qui donne envie de vivre. Il peint sur des vieilles toiles de jute ; on marche dessus. Parfois, ses propres tableaux, sont ses propres cadavres…

# Une femme

Là-bas.

Elle dit : Là-bas.

Cela peut être loin, très loin, à l'infini.

Autrefois, elle n'aurait jamais prononcé ce mot.

Hier, non plus.

Mais aujourd'hui, elle dit.

Elle dit que là-bas il y a quelqu'un.

Que c'est un être cher. Et fort aimé.

Aimer, c'est un mot nouveau pour elle.

Alors, désormais, elle pourra tout se permettre.

Et tout dire haut et fort.

C'est d'ailleurs ce qu'elle fait.

Elle aime tous les thés – tous les thés du monde, mais elle dit n'en boire que très rarement.

Cela se passe juste après la promenade du dimanche après-midi.

Elle aime l'été.

C'est sa saison préférée.

Elle adore les promenades en été.

Elle fréquente très peu les jardins publics de sa ville.

Trop de monde l'été.

Elle préfère s'offrir une tasse de café.

Cela lui rappelle la couleur de la peau de sa grand-mère.

C'était une émigrée.

1937. Adolescente.

Elle jouait à la marelle ou faisait de la balançoire.

Les salles obscures n'étaient pas sa tasse de thé.

Elle préférait écouter la TSF.

Sa coiffure préférée était l'indéfrisable, ou une chevelure tombant en volant sur les épaules.

Comme dans les films de Marlène Dietrich, ou Rita Hayworth.

Les hommes aux cheveux gominés à la brillantine.

Ils étaient beaux.

Des cheveux crantés au fer à friser.

Un corsage blanc, une jupe portefeuille et une paire d'escarpins en daim noir, laissant entrevoir le gros orteil.

C'était la mode à pareille époque.

Aujourd'hui, dans ce monde de fous, elle n'y comprend plus rien.

# Tony

Une grille noire, haute de trois mètres. Une immense cour encombrée de carcasses de voitures, de grues, de camions, de tas de ferraille. Puis une couronne de bâtiments au crépi devenu gris. Une couronne d'ateliers de mécanique. « Ici on répare les bagnoles cassées. On trie le métal. Pièces de rechange. Pneus et batteries. »

Dans son bureau empoussiéré, Tony répète pour la cinquantième fois qu'il doit s'atteler à faire le ménage ; que ça devient dégoûtant. L'imperturbable grésillement du poste de radio. Quand, calmement, Tony donne des ordres précis à ses subalternes.

Tony fait partie d'une espèce en voie de disparition : celle des derniers blancs européens au cœur de l'Amérique du Sud. Le ton rude : « Avec les cons uniquement. » Ce dernier est un ex-mercenaire. Il aura vécu au jour le jour.

Le déclin est lent. Corrosif comme le vert-de-gris. Dans le centre-ville, voué quelque peu à l'abandon pour cause de fortes chaleurs, les magasins baissent leurs rideaux.

On y fait la sieste jusqu'à quatre heures et demi, voire cinq heures. Les boutiques n'ouvrent leurs guichets qu'après le soleil disparu. Tony semble heureux. Mais il garde le cœur léger.

Il s'est épris d'une belle métisse…

# Belle de nuit

Ce jour-là, sa tête bourdonnait d'idées. Mais celles dont elle parvenait à saisir étaient généralement désagréables. Elle se mit alors à penser aux gens détestables quelle avait connus dans sa vie. Puis elle s'imagina un accident d'auto, un crime dans l'hôtel où elle résidait actuellement, enfin, une somme d'ennuis qui pourraient lui redonner courage pour mener à bien sa mission.

Ces pensées, toutes sombres, engendraient une forte tension dans sa poitrine.

Deux fois, elle ressentit une soudaine sensation de vertige et fut secouée par un spasme qui la fit décoller de son fauteuil.

Elle écartait sans faire de bruit, le lourd rideau rouge de la baie vitrée, et se mit à sourire aux nuages qui balayaient le ciel. Elle se sentait bien, pensa-t-elle. Elle qui aimait la nuit, et vivre la nuit. La ville semblait à ses yeux, insouciante légère et belle.

Elle avait tout prévu, tout calculé. Elle ne s'engageait jamais à la légère, préférant les choses bien pensées à celles laissées aux mains du hasard. Elle connaissait parfaitement les rouages du business. Ce futur coup de maître, elle l'avait décidé le jour de la parution des visages dans la presse, et cela ne laisserait pas de glace le monde entier. Désormais, elle affronterait dix hommes, mais un seul serait visé. Dix hommes toujours souriants, satisfaits et arrogants.

Il y avait urgence. Elle les capturerait comme des proies dans sa gueule de fauve. Tant de pouvoirs entre des mains sales ! Leur fortune était devenue incalculable. Et leur puissance absolue.

Ils se connaissaient pour avoir collaboré dans d'autres affaires douteuses. Il n'empêche qu'ils se méfiaient les uns des autres, malgré leurs airs de complicité. Ils vivaient sous la protection d'une garde rapprochée. L'endroit stratégique où ils exerçaient leur art était truffé de micros, de caméras et d'alarmes des plus sophistiquées. Ce n'est donc pas là qu'elle les piégerait, mais bien ici, dans cet hôtel luxueux, où ils se réunissaient une fois par an pour faire le point. Accoudés au bar, un whisky à la main, un gros cigare fiché aux lèvres, la cinquantaine bien tassée, ventripotents. Ils ne portaient pas d'alliance , sauf un. Endimanchés dans leurs beaux costumes gris, les cheveux gominés, ils figuraient, tels des acteurs de cinéma des années d'avant-guerre.

Ils s'étaient rendu compte qu'en unissant leurs activités, celles-ci produiraient des capitaux, et ils deviendraient à la longue les rois du monde.

Depuis toujours, elle se sentait investie d'une mission : rendre la justice, châtier les coupables.

La liste de ce qu'elle appelait des crimes, n'en finissait plus de croître : ils affamaient des populations entières, spoliaient des épargnants, polluaient la planète, mettaient à terre des sociétés internationales, et sur le bitume des filles au travail, poussaient des milliers de chômeurs au désespoir, et, pendant ce temps, leur fortune accroissait chaque jour un peu plus et paraissaient indestructibles aux yeux des gouvernements.

Elle n'en était pas à son premier exploit. Les médias la vénérait pour son courage.

L'heure était venue de rendre une nouvelle fois justice.

Elle s'était introduite dans l'hôtel au même titre que les conférenciers, toute vêtue de gris. Quinze étages plus bas, des gardes surveillaient les entrées, patrouillaient dans le parc, incapables d'imaginer que le danger s'était glissé parmi les occupants. Ils n'avaient rien entendu, rien deviné.

Maintenant, elle arpentait les longs couloirs, mieux, elle glisserait, aérienne, attentive au moindre bruit, à la moindre porte qui pourrait s'ouvrir. Mais tout était silence. On eût dit que les chambres du palace étaient désertées en attente des touristes. Effectivement, on sut plus tard que, durant les journées du colloque, aucune des cent chambres ne devait être occupée. Alors, personne, aucun intrus aussi célèbre soit-il, n'avait le droit d'y séjourner.

Le lieu de concertation s'abritait derrière la porte 308.

Elle les entendait rire, parler à demi-mot, poussant parfois quelques petits cris.

Elle ne pouvait échouer.

Elle se devait de mener sa mission jusqu'au bout.

Elle n'échouerait pas.

Elle sortit de la poche de sa veste une cagoule qu'elle enfila sur son visage , ouvrit brutalement la porte et aspergea toute la pièce d'un gaz asphyxiant, dont l'effet fut immédiat, foudroyant. Ils s'écroulèrent les uns après les autres entre les chaises et les tables. Et lorsqu'elle fit le tour des personnages, elle s'aperçut qu'il en manquait un à l'appel. Et celui qui manquait, avait toujours été le plus virulent dans les affaires. Elle devait absolument le retrouver. S'il s'échappait à son châtiment, il n'hésiterait pas du tout cette fois à s'attribuer tous les pouvoirs en dictateur pernicieux. C'était bien ce qu'elle imaginait : ils possédaient tous une clé dans cet hôtel-palace. Alors, il lui serait facile maintenant de connaître l'absent, et de retrouver ainsi le numéro manquant.

Elle entrebâilla sans bruit la porte de sa chambre. N'alluma pas la lumière.

Un homme dormait sur le ventre, à demi-nu entre les draps, ronflant. Elle s'approcha sur la pointe des pieds, pointant sur lui son arme redoutable lorsque tout à coup la lumière jaillit. Il venait juste d'allumer la lampe de chevet, le visage en sueur, les cheveux ébouriffés : « Mais qu'est-ce que tu fais debout à cette heure-ci ? » Puis il se retourna de tout son poids contre la baie vitrée et se rendormit aussitôt.

Obéissante comme au premier jour de leur rencontre, Tina embrassa celui qu'elle avait aimé jadis, puis elle s'allongea doucement près de lui dans sa petite tenue légère qu'il adorait…

# L'artiste

L'artiste reçoit en tenue décontractée parmi ses photos, ses cadres et ses projecteurs. Vieux jeune homme émacié. Il s'appelle Peter. Il ne fait pas son âge. L'exposition a lieu dans un vieux musée Hollandais qui lui consacre l'espace. De nombreux amis sont présents. De vieilles gens. Comme de jeunes scolaires. On pourrait se croire dans les années 50. Lorsque entre deux expositions ou deux séances, il parcourait Paris. Peter vit souvent en Afrique. Mais c'est en anglais qu'il s'exprime. Elégance. Excentricité. Visage conservé dans un fin réseau de rides. Voilà pour le charisme. Il se dit avant tout Anglais. La Hollande l'a séduit très jeune. Il a une passion pour les femmes belles. Il photographie de jeunes éphèbes aux corps fragiles. Pas encore mutilés par les affres du plaisir. Ou du doute. Ou de l'amour. Ses photos font l'objet d'un perpétuel progrès. Comme il tisse et retisse sa vie indomptable et bien entourée. Peter monte et démonte ses images. Il cadre. Il assemble. Il éclaire. Il charge. Il honore ses photos de textes presque illisibles. A découvrir avec une loupe.

Peter avait vingt ans lorsqu'il prit le bateau pour l'Afrique du sud. Seul. C'est pendant la traversée qu'il rencontra Valentine qui lui fit découvrir un auteur américain. Il devint son modèle tragique. De cet auteur, il a fait quelques portraits au crayon .Spectraux. Aujourd'hui, les portraits rythment son œuvre. Il dit qu'il se sent toujours proche des êtres humains ainsi que des animaux. Les végétaux le fascinent moins. Néanmoins, il les respecte. Il dit que les humains sont victimes et bourreaux de la nature. Il se pose très souvent la question. Son jugement marque toute l'ambiguïté du personnage. Il n'a jamais eu le sens réel des affaires. Le résultat de ses contradictions : conscient de sa pensée intérieure – c'est un sanglant opéra charnel sur la fin du monde. Il y croit et le tout guidé par une logique de la sensation et non du sentiment. De son travail, il a dit qu'il portait l'empreinte de la valeur humaine.

Serait-ce trop prétentieux ? Il expose sa vie dans ses plus infimes détails. Un verre de vin. Un pot à eau. Une fleur. Un magazine. Tout y est répertorié. Comme dans les récits mythiques, la vie légendée de Peter a fini par rejoindre le destin du monde sous forme de traces.

Un mois après le vernissage, il reçoit toujours décontracté. Les pieds nus sur le sol glacé. Mais pour une fois, il a mis des chaussettes. Une intervention humanitaire ? Il y songe beaucoup. Pour l'heure, il invite ses amis à prendre un verre au petit café du coin. Son vin français préféré : un ballon de rouge qui vous fait déprimer tout le système. Mais du vieux. Vieilli en fût de chêne. Un vin dur mais élégant comme lui.

# Métamorphose des nuits

Antoinette traversait de plus en plus difficilement les rangs serrés de ses années de vie. Elle se refusait à les compter, comme si ses années ne lui avaient posé uniquement joies et peines à la fois.

La fine silhouette d'Antoinette se déplaçait en bancs flous dans un nuage opaque. Le tableau d'ensemble était presque une fresque de vie irréelle tellement elle surprenait mais elle aurait parfaitement satisfait un peintre, ou un musicien anonyme...

Elle ressemblait à ces marchands de ballons de foires qui en tiennent cent à bout de doigts, avec ses innombrables paquets enrubannés. D'ailleurs, Antoinette aimait les paquets. Elle ne rêvait que lumières, thés bouillants, fauteuils profonds.

*

Dans la vie, la précipitation pour la mise en place d'actes quels qu'ils soient, la rendait maladroite, lorsqu'un jour elle décida de se rendre dans un port alors inconnu du monde entier. Ce petit coin du monde, au nom de « Rapsodie », ce lieu tenu secret, où un archet déchirait toutes les nuits, au violon tzigane de l'aube. Elle serrait fort tout contre elle un petit oiseau qui était tombé d'une branche à la patte cassée, elle tenait ce petit docile sur le vibrato que l'instrument offrait. Depuis, pour le confort de son âme, tout était Nuit. Désormais, ils n'y aurait plus de jours mais uniquement des Nuits.

*

Puis un jour, un oiseau rare lui apporta un petit paquet blanc qui lui avait été remis de la main d'un homme dont elle semblait se souvenir, et rencontré chez les « Amours Intemporelles ».

Ce soir-là, le grand homme aux cheveux de neige, la conduisit, une main tendue, l'autre portant ses présents brillants, vers un salon privé. A ses yeux, le salon privé était toutes les nuits sans sommeil, peuplées de Nuits tragiques, Nuits de rêves, Nuits de douleurs, Nuits fantastiques, Nuits d'amours. Après quoi elle refusa d'emblée toutes ces nuits sans soleil. Parlant au ciel, elle disait percevoir tous les soleils du monde entier, lorsqu'elle se mit à les montrer du bout de ses yeux verts. Elle y devina aussi des feux qu'elle serrait très fort dans ses bras de paille, ce qui la rassura définitivement. Quelle récompense pour l'homme de neige, qui lui, ne connu jamais tous les cris de la nuit, cris de chouettes, de hiboux, d'oiseaux rares, de misère dans les maisons aux toits de sales amours, cris de détresse, cris d'amours impossibles.

\*

Cris ! Dit-elle tout fort en criant de plus en plus fort. Cris, m'entendez-vous ? Vous qui peuplez toutes mes nuits. Cris d'enfants qui se sont pissés dessus, cris des orgasmes réussis, cris des impuissances de l'homme, cris de douleurs de la femme frigide, cris de femmes qui accouchent, cris tout court.

\*

Antoinette regardait des flammes s'étirer dans un ciel incolore sous les bourrasques de neige balancées sur la tombe du petit enfant mort-né. Un roman perdu dans l'aventure des écritures de tous les cris impossibles et que jettent les gens de l'écriture. Livre mort qui ne s'écoutera et ne se lira jamais.

\*

110

Antoinette regardait.

Le vieil homme aux cheveux de neige humait l'air qui pénétrait dans ses narines, par saccades légères, plissant les yeux sous la moindre étincelle et regardait la jeune fille d'un air triste. « - Que se passe-t-il ? - Rien d'autre qu'un vent de tempête, mon vieux, dit Antoinette. - Tu n'as pas peur ? - Non puisque tu es là. »

Le vieil homme n'était pas assis sur des cris. N'étant pas aussi sûr de sa bravoure, il ondula jusqu'à mettre une main et sa tête sur son pied à elle. Elle caressait ce fidèle compagnon pour le rassurer et sentir sa bonne chaleur.

Pourquoi ce vieil homme n'était-il pas encore plus près d'elle dans les cris de ses nuits ? Rien n'effrayait alors Antoinette, et ce léger bruissement des arbres malmenés qui se jetaient contre les baies vitrées de ses nuits ne serait qu'un prétexte pour se blottir dans ses bras. Mais là, son cœur s'affolait en battements désordonnés. Elle entendait les gémissements du vieil homme, assis maintenant comme un pauvre chien sur son train arrière, se retenant d'aboyer...

*

Puis elle vit des paquets de feuilles cogner contre elle comme des mains suppliantes, et finalement son malaise ne l'empêcha pas d'avancer, de coller son visage sur ce miroir de sourcière où elle vit, telle une Ménade, un visage de femme étiré jusqu'à une limite où les formes animales et humaines se mélangent, avec des yeux fascinants de lueurs phosphorescentes et un sourire de masque définitif.

Antoinette vit les lèvres s'entrouvrir sous des murmures qui lui furent inaudibles, mais que le vieil homme perçut dans un affolement incoercible. Chien ! lui dit-elle d'une voix rauque et sale. Chien , tu es un chien ! Il ne répondit point, il resta humain. Puis soudain il se déchaîna dans des aboiements où la terreur était domptée par la fureur et le besoin instinctif de ramener une proie qu'il sentait proche.

Alors il se jeta de tout son poids contre cet obstacle qu'il voulait renverser. Un souffle d'une force inouïe lui répondit et ouvrit un tel fracas de tremblement de terre, ce qui faisait de cette Nuit un espace enchanteur où tout était conçu pour le plaisir des yeux et de la paix de l'âme. Elle savait qu'il y avait là quelque chose d'épouvantable à découvrir, mais elle sentait la délivrance proche, avec la vérité mise à l'épreuve.

\*

Avec ses mains, elle souleva la terre en mouvements réguliers. Le chien n'était plus le vieil homme des neiges. Il haletait, pattes tremblantes, brusquement en arrêt, museau baissé sur un petit monticule fraîchement agencé, miniature d'une tombe à peine refermée. Les ailes de son nez battaient et semblaient vouloir reconnaître une senteur. Un gémissement sur une note de cri parlé.

\*

Elle eut pour lui parler, une voix douce qui voulait protéger.

Chien, chien, réveille-toi, lui dit-elle et attends-moi ici quelques minutes. Tout est froid dans cette nuit de cris. Mais la terre est froide effectivement, lui dit-il. Mais tu étais chien ? Moi qui te croyais homme des nuits. Je t'interdis de te lever. Attends-moi !

\*

Antoinette se mit à regarder l'espace dans lequel elle vécut entre les rangs serrés de ses nuits, ces rangs si difficiles à traverser. Elle, qui n'avait pas connu l'amour. Elle qui se voulait être femme de tous les cris de la nuit. Elle qui ne sut jamais qu'elle avait mis au monde un enfant. Elle qui crut tant aux hommes. Elle, qui arrivait sur cette terre où toutes les nuits étaient faites de cris. Elle dont la salive et les larmes se mêlaient à la douceur de son breuvage. Et elle qui éclata en sanglots de se savoir femme de tous les cris du monde...

Elle qui ne sut que parler aux chiens, mais pas aux hommes, car disait-elle, les hommes ne crient jamais assez fort, mais parlent de banalités. Elle, qui dans le cri de la nuit, n'était plus femme, mais cris...

Elle qui vécut la métamorphose des nuits, de toutes les nuits du monde.

# Coeur

Il vit dans son HLM du XIIIe arrondissement. Il sort de son frigo une boîte soigneusement enfermée dans un film plastique. « Ce midi je mange comme un ministre ! » C'est du chevreuil qu'il met à réchauffer dans une vieille casserole toute noire. Sa gazinière récupérée via une association d'insertion du côté du Père-Lachaise, n'a probablement jamais fait frémir si belle pièce, reste d'un repas de bourgeois qui finit dans l'assiette d'un pauvre. Déjà, la semaine d'avant, des faux-filets avaient suivi le même chemin. André a un copain qui travaille dans un grand restaurant. Il a fermé toutes les portes de son petit appartement, ne laissant voir que la cuisine rapiécée de menus bibelots. Il s'excuse : « C'est simple ». Et puis le chauffage ne marche pas tous les jours. Il tombe en panne très souvent. Dehors, juste sous la fenêtre, la cour d'école crie son insouciance.

André a cinquante ans. Tous les matins il se poste gare d'Austerlitz. C'est son boulot. Il a derrière ses lunettes des yeux qui brillent, qui font de la résistance, après avoir erré dans les recoins les plus sombres de la capitale, là où croupissent des gens sans regard. Il les croise encore.

Depuis trois mois, André a son chez lui. Grâce à son boulot, il vend des babioles, ou fait la manche aussi. Pour s'en sortir, il fait son calcul. Il faut en vendre un certain nombre par jour. Par tous les temps. Autrefois, André allait dans les squares, l'été. Et l'hiver dans les grands magasins. On devine encore que dans ce monde de la rue, il a pris des coups. Mais André a trop de fierté pour qu'on ose insister.

Lui, va encore voter. Parce qu'il y croit. Il a toujours gardé le sens des bonnes manières. Malgré…

# En avant

En règle générale, il ne va pas dans les restaurants de luxe. Il sait, qu'à peine arrivé, on le reconnaîtrait. Aujourd'hui, on l'a reconnu. A son visage enflé. A sa démarche. Un peu trop lourde. Ou à ce sac plastique qu'il traîne en toutes circonstances. Quand il est devant la porte, on n'a pas un mot pour lui. On a juste un regard. Ou un geste. Discret. Toujours le même. Deux mains à peine levées que l'on croise trois, quatre fois dans sa direction. Il n'insiste jamais. Et reste dans la rue. C'est sa place. La rue est son logement. Sa raison d'exister encore parmi le monde. Mais ce jour-là, au lieu de faire demi-tour sur le trottoir, il entre et rit. Il est invité à déjeuner à la brasserie Le Temple. Paris. Alors il va droit vers une place libre à travers les tables. Et la serveuse s'incline : « Aujourd'hui ce sera harengs pommes à l'huile, cuisse de poulet patates grillées, fromage, poire. On vous offre le café . »

Il vient de quitter un magasin de l'Armée du Salut, où il a dégoté des caleçons longs. « Une super trouvaille. Ca me tient chaud. »

Il attendait le rendez-vous au bar d'un café du quartier devant une demi-pression qu'il a bue avec une immense lenteur. Dans la rue, il marche comme s'il comptait chaque pas. Il mène une vie fragile. La plus petite occasion d'améliorer l'ordinaire. Comme de distraire la monotonie de ses errances solitaires dans la capitale. « Dans la rue, la compétition est rude. » A table, il ne finit aucun plat. S'en excuse. Un jour il n'a pas assez à manger. Un autre jour, il en a trop. A force, son estomac s'est rétréci. En se levant, il rafle quand même le dernier carré de chocolat. Ses cheveux sont blonds. Quelques rides au coin des yeux lui donnent une mine merveilleuse. Un visage d'enfant. Thomas est né en Allemagne en 1945. « Ma mère était flamande, elle parlait l'allemand. Quand mon père, sculpteur, a senti arriver la guerre, il s'est dit qu'il ferait mieux de s'exiler... Quand j'étais gosse, je me souviens qu'il disait : « Bats-toi pour survivre, ou accroche-toi à des études, ne sculpte pas mon garçon ! »

Des années plus tard, c'est par hasard qu'il a appris la mort de ses parents. Depuis il est brouillé avec sa famille. Et par fierté, n'a rien réclamé de l'héritage. Par fierté aussi, il ne va jamais, il le jure, réclamer des subsides aux associations du coin. Le Samu social? Il dit qu'il n'a jamais vu ces petits fourgons sillonner les rues de la capitale. Il n'y a qu'une chose que la société lui doit : le respect. « Quand on a une culture littéraire, ce n'est pas la peine de chercher à percer dans la société. » Il a perdu tous ses papiers. C'était au début de sa vie dans la rue. Quand il faisait moins attention que maintenant et qu'on lui volait ses sacs.

Et sa femme ? Il en a eu une. Ses enfants ? Deux. D'un coup il a laissé tomber tout le monde. « Un jour, je suis parti en Allemagne et je ne suis pas revenu ! » Sa devise ? Compter sur soi-même. Sa déroute n'est arrivée que longtemps après. Il la situe après une rupture sentimentale. Tout est allé vite ensuite. « Quand je suis arrivé à épuisement des stocks, il n'y avait plus que la rue et le métro. »

Depuis trois semaines, Thomas passe des nuits, tranquille. Il dit qu'il a mieux que tous les abris municipaux. C'est une planque, dit-il, dont il cache soigneusement l'adresse. Le sol est en terre battue. Le réveil arrive par les voisins du dessus. Il a deux bons duvets, deux couvertures, un camping gaz et trois casseroles. « Je suis en sécurité et au chaud ! » Et le jour ? « Là encore c'est mieux que les structures sociales. Je me dirige automatiquement vers les endroits connus : le XXe. Il y a quelques mois, la concierge de mon ex-immeuble m'avait

116

offert des gâteaux et du café. Je lui rends visite régulièrement. Ca lui fait plaisir. Et ça me fait plaisir. »

En sortant de la brasserie, Thomas avait un projet : regarder le ciel, les petits oiseaux, l'écluse du canal. Regardez !, dit-il.

Il faisait trop froid ce jour-là. Alors, il a pris le métro pour aller voir un ami.

Mais pas de la rue.

# À la télé

Je ne sais pas si je t'ai déjà parlé de ma femme, dit Henri, à son meilleur copain, mais alors c'est un drôle de cas, pour ne pas dire une drôle de nana, mais ça fait rien et puis je n'ai rien à perdre, et puis je l'aime, lorsqu'elle dit : « Ce qui profite aux gouvernements, ne va pas dans la poche des plus démunis. » Elle ne connaît pourtant pas ce mot, c'est moi qui le prononce parce que je m'y connais un peu. Elle n'a pas ce vocabulaire. Elle dit : « Les malheureux. »

C'est vrai qu'avec son petit bout de salaire, à peine mille euros par mois ; quant à moi, un peu plus de mille cinq cents euros, et avec tout ça, nos quatre gosses. Eh bien ! Il en reste pas beaucoup à la fin du mois, lorsqu'on a tout payé. Et tout ce fric que les ministres et les secrétaires d'Etat se mettent dans la poche. C'est sur notre dos qu'ils le gagnent, non ? T'es pas d'accord ? Et puis un jour, pour échapper à tout ça, j'ai été au cinéma porno, j'ai vu deux films et j'ai vachement aimé et quand je suis rentré le soir, j'ai prétexté à ma femme que j'avais été jouer aux cartes au bistrot du coin, chez la Janine. Fort heureusement que ma Suzy ne me colle pas du tout aux sandales parce que je crois bien qu'on aurait déjà divorcé, c'est sûr.

Le lendemain, après le potager, je suis tombé sur une émission de télé qui me concernait un peu. Ils parlaient sur les ennuis du couple. J'ai vite appelé ma Suzy, mais elle devait aller à l'épicerie acheter des petits pois et du sucre. J'aurais bien aimé qu'elle soit là, comme ça, elle aussi elle aurait vu ce que c'est de vivre en couple.

Signé : Robert S, de Lyon.

118

# Un personnage

Souvent, sous la question, son visage sec se froisse et la peau ressemble alors à un drap de nerfs à vif. Moment de vide à haute tension dont on ne sait s'il jaillira un cri, une réponse ou ce sourire d'une franchise assez désarmante. Certains tracent des lignes de chance ou de fuite. William, président d'une grande firme, taille des lignes de rupture ; un petit sabre honnête, précis, tranchant. Ce sentiment, bien des patrons ayant négocié avec lui l'ont eu. Il adore mettre de l'huile sur le feu. William, comme il se présente, se reconnaît volontiers impatient et colérique. Ses chiffons rouges sont la mauvaise foi et la lenteur. Ses tempêtes sont fréquentes. Il a en horreur les cons. Il dit qu'il ne peut rien lui arriver.

« Il me faut pour vivre, une excitation permanente. Je ne sais pas gérer le calme, sauf quand j'écoute de la musique. Du Bach, par exemple, qui est ma musique préférée. » Dans les méandres pénètre l'émotion des défis réussis. Les quelques idées que j'ai eues, dit-il, me sont venues dans la solitude. Chez lui, le week-end, ou même à vélo. Il lui arrive de se perdre sur une route du midi en méditant une affaire importante. Mais d'où lui vient cette sauvagerie revendiquée ? « Il faut oublier un moment que je suis un homme pour passer au stade supérieur du robot. » Il représente une grosse fortune pour son pays. Il dit qu'il a vécu un peu partout dans le monde. Au Maroc, en Italie, en Grèce, en Egypte, aux Etats-Unis. Sa réputation est celle d'un chirurgien d'entreprise. Quand il chute, parfois, cela lui arrive, il se dit être victime de sa mégalomanie paranoïaque, et que les administrateurs de toutes les grosses entreprises lui en veulent. Il en fait un cas clinique, dit l'un d'eux, un homme de cristal ni tout à fait privé ni tout à fait public. Cette reconnaissance l'a flatté. Aujourd'hui, son austérité et son mode de vie plutôt solitaire en font la copie industrielle d'un certain modèle. Sa communication est d'ailleurs pensée par celui qui s'est occupé de l'actuel premier grand patron dans son entreprise. De ruptures en ruptures négociées, cet homme a fini par symboliser l'élite modeste, dressée contre les élites glorieuses des précédentes décennies... « C'est un personnage ! », lance un de ses amis proche.

# L'étranger

Dans la nuit, on entend des bruits sourds suivis de quelques gloussements d'oiseaux ou de chauves-souris qui doivent certainement provenir d'habitations alentours.

A noter qu'au sommet de l'escalier conduisant sur une impasse, se trouve la plus petite salle de spectacle où un écriteau annonce : « Il règne à M., une vibration intelligente et sensuelle. Ce soir, le groupe S.R tient l'affiche. » Et le patron, le grand patron, qui a réservé le groupe depuis plus d'un an, est ému. Il dit avoir eu de la chance de les choper juste avant qu'ils ne fassent fortune ailleurs. On les aime. On les imite. On les idéalise ces chanteurs venus d'une autre planète où il y fait un froid mortel.

Effectivement, ils sont désormais reconnus pour leurs textes sensuels et bourrés de talent. Accompagnés par un orchestre très bigarré, on se croirait en Amérique du sud, voire dans un autre pays lointain et ensoleillé tellement leurs voix nous transportent.

Mais hélas, ce soir, Blazej ne sera pas de la partie. Des femmes de son quartier, et plus précisément de son immeuble, colportent qu'il est hospitalisé pour des blessures à la tête. Il aurait fait une chute « presque » mortelle sur le bitume verglacé. Les pompiers l'auraient transporté à l'hôpital dans le coma. Ici, dans ce quartier d'un arrondissement parisien très connu pour sa simplicité et sa convivialité, les habitants se connaissent depuis longtemps. Ils organisent des fêtes entre eux sous la forme de repas, de brocantes autorisées, de réceptions diverses.

Blazej, l'Etranger, a toujours fait partie du groupe. Loup solitaire, vivant à l'écart des autres, mais néanmoins sociable, il a toujours respecté les « consignes ».

De taille moyenne, une épaisse moustache toute blanche, le mégot fiché à la commissure des lèvres, des dents un peu cassées par une vie tumultueuse, Blazej est encore bel homme. Il dit avoir étudié la peinture et la sculpture aux Beaux-Arts de Varsovie.

D'ailleurs, dans le trois pièces qu'il occupe depuis une quinzaine d'années au deuxième étage de la tour « Les Galets », il y a emménagé un petit espace qu'il a baptisé : « Mon atelier de créations. »

Passionné de musique classique en général, il vénère plus particulièrement la musique de son pays, ainsi que les chants et danses remontant à ses origines.

Il ne cesse de rabâcher à ses amis proches que sa mère fut une grande danseuse. Elle portait un vif intérêt pour les contes et la poésie. Et que ses parents s'étaient séparés à sa naissance. Une sœur avait vu le jour de cette union un peu rocambolesque. Cette sœur aînée dont il n'a jamais plus eu de ses nouvelles. Il pense qu'elle est peut-être avec les filles des rues dans un pays où l'on traite les femmes plus bas que terre. Mais où peut-elle vivre à ce jour ? Pour dire vrai, il ne se pose plus ce genre de questions.

Il est sans âge. C'est un peu l'opinion générale des personnes qui l'entourent et qui l'aiment. Mais il se fiche de ce que les gens peuvent penser de lui. « Je suis très heureux comme ça ! J'aime les humains et tout ce que la terre porte en elle ! »

Le groupe S.R a pris place sur le devant de la scène. Chaque musicien se concentre sur son instrument. Le public est en délire lorsqu'une jeune femme un peu déglinguée pousse la chansonnette dans cette salle où l'insonorisation laisse à désirer. Tant pis, les spectateurs se déchaînent en criant ou en sifflant.

On l'applaudit du fond du cœur.

Et au fond des consciences de chacune et de chacun, le visage de Blazej refait surface subitement. On pense très fort à lui, surtout les femmes de son immeuble. « Nous lui offrirons le disque du groupe dit l'une. Ca lui fera plaisir, et on lui fredonnera quelques chansons. »

Trois jours après le concert, Blazej quittait l'hôpital, droit dans ses bottes, comme avant sa chute.

# Jadis, là-bas...

Très tôt, il a apprécié les belles choses : la chaleur de son pays : Naples.

Puis le silence des forêts, le chant des oiseaux, le parfum des fleurs au printemps, et plus tard encore, le bruit des vagues de la mer, et encore beaucoup plus tard, la tiédeur des poèmes. La littérature.

Et jusque dans ses choix les plus profonds ; des souvenirs. Les voyages, les gares désertes la nuit ; l'errance des hommes ; les femmes de la nuit aux consciences très pures : des mères.

Et quand l'aube se lève, le ciel bleu peuplé d'oiseaux. La résurrection. La liberté.

Il s'était souvenu d'hier : du joli visage de sa mère et de la pâleur de ses mains et... de la voix crispante de son père.

Et aujourd'hui, comme à pareille époque, il est là, corps et âme vieillis, sang figé, yeux plus neufs, dans le même état, au même endroit. Quand jadis, là-bas, à côté de la cabane à outils, il retrouvait la touffe violette des sauges grossies, envahies d'abeilles. Fort du pacte passé avec elles bien des années plus tôt. La solitude. Il s'installait sans crainte près des butineuses, à même le sol. Il fermait les yeux. C'était l'été ; l'après-midi au jardin.

Et aujourd'hui, il dit : « Monde attention à nouveau danger ! » Il crie : « Tout beau parleur vit aux dépens de celui qui l'écoute ! » Monsieur de la Palice était un précurseur. Et aujourd'hui encore, il dit qu'il est toujours très douloureux de se souvenir ; d'oublier aussi. Qu'il est toujours très douloureux de vivre aussi, de peindre les infimes détails blottis, voire ensevelis d'un paysage dans le contexte d'un long voyage... Paysage défilant au ras d'une fenêtre d'un train, d'un autobus, d'un wagon de métro.

Il dit : A suivre...

124

# Indésirable enfant

Il doit être un numéro parmi d'autres numéros qui doit figurer sur un fichier où sont enregistrées toutes les personnes qui étaient arrivées sans papiers sur le sol d'un grand pays du monde.

Accroupi pour ne pas dire allongé au sol car très fatigué, Jamel, le beau brun ténébreux des lointains pays d'Orient, est seul sous cet arbre séculaire dont les branches laissent filtrer les rayons du soleil mortels. A la recherche d'un peu d'ombre, les yeux grands ouverts sur ces espaces infinis et jaunes. Cette fureur qui jaillit de ce désert qu'on nommerait ainsi à nos yeux. Cet espace poussiéreux, presque insupportable mais tant convoité par les touristes, est devenu si banal pour les quelques habitants de ce village. Ce village isolé, où ce jeune garçon vit son premier été sur sa terre natale. Il redoute déjà les nombreux degrés promis par l'été.

On y aperçoit, lorsque le gros camion, pour ne pas dire le convoi arrive ici, une grappe de voyageurs entassés les uns sur les autres. Une grappe de voyageurs composée de femmes, d'hommes, d'enfants, de vieillards, de bagages. Et lorsqu'il arrive à s'extraire de cet amas humain et matériel, ses longs doigts effilés plaquent contre son torse un dossier contenant probablement des documents administratifs : ses papiers les plus précieux qui lui restent de ce long voyage et qui lui permettront de lui donner un statut ; voire une identité définitive sur ce sol torride.

Lorsqu'il avait quitté la toute première fois son petit village où il avait vu le jour pour un pays étranger, il avait emporté une valise contenant ses effets personnels ainsi que deux ou trois papiers.

Il arrive tout juste de ce pays étranger qui lui a offert l'asile pour quelques mois, puis un retour uniquement, bien qu'il s'était habitué à cette vie nouvelle. Il y parlait aussi admirablement bien la langue, où tout le monde l'aurait aimé.

C'est la dernière fois qu'il revient ici. Il semble intimidé. Il fixe le ruban de bitume brûlant qui lui tatoue la plante des pieds. Ses sandales à la main, son sac en bandoulière, il se dirige vers un taxi à la couleur jaune et piloté par un homme à la peau sombre comme du caramel. Il a replié ses longues jambes. Lorsque le taxi le dirige vers la capitale politique de ce pays en direction du cœur culturel. Mais lors de son enfance à D. ; petit village où sa famille n'avait aucune raison de venir jusqu'à cette grande ville qui n'était qu'un nom pour les paysans.

De son premier séjour dans cette grande ville, il ne garde que le souvenir d'une nuit de peur et de frénésie chez Saïd, le passeur qui l'a acheminé vers la France.

Il était encore très jeune et n'était qu'un enfant pour s'opposer à son père qui lui, ne souhaitait qu'une chose, voir son propre fils quitter le village pour des horizons nouveaux et meilleurs.

En cet hiver, il a en poche quelques billets pour s'offrir un vol avec d'autres jeunes de son âge, ainsi qu'un vrai passeport. Une fortune pour eux. Ses amis de voyage franchissent comme une fleur les contrôles de l'immigration à l'aéroport. Il fait nuit noire. Il pleut, il fait froid et une mauvaise surprise cueille son passeur qui avait promis de rester un peu sur ce sol accueillant ; repart sur le champ. Ses compagnons s'évaporent dans la nature. Jamel se retrouve seul. Dans ces vies qui ont besoin de miracle, lorsqu'il tombe sur un compatriote qui travaille dans l'aéroport. Emu par cet enfant filiforme et presque sans vie, il l'héberge quelques jours dans un foyer pour étrangers en situation irrégulière. Il y fête ses quatorze ans. Il pense subitement à sa famille qui est restée là-bas. Il pleure. Il ne parle pas. Il

126

comprend pourtant la langue dont parlent certains de ses semblables. Il devient un enfant caché. Il dort du matin au soir, épuisé, et lorsqu'il lui arrive d'entrouvrir un œil c'est pour regarder le ciel, ce coin de ciel blanc si petit dans l'embrasure d'une porte ou dans le coin d'une fenêtre qu'un rideau déglingué a oublié de cacher.

C'est la veille de Noël que Jamel apprend que son identité figure sur la liste des personnes expulsées, affichée chaque soir, à la tombée de la nuit, dans un centre de rétention alors situé non loin de son foyer.

Il prend alors la décision de quitter définitivement le pays où il y aura fait un bref séjour, pour sa maison natale.

Aujourd'hui encore, il se promène, seul et anonyme parmi les villageois, mal à l'aise dans les ruelles congestionnées, bruyantes et odorantes d'un grand bazar. Il y déplace son grand corps avec raideur, comme s'il refusait de l'inscrire dans cette nouvelle vie : la sienne. « Rien n'a changé depuis que je suis parti, soupire-t-il dans une rue en chantier. Les travaux vont durer quelques semaines voire quelques mois encore. »

Il se refuse à porter les vêtements locaux et arbore une tenue moderne, qu'on voit plutôt dans le pays où il a essayé d'y refaire une vie. Il reparle sa langue, comme s'il avait oublié la précédente. Mais la parlait-il lorsqu'il était arrivé ici ?

Rien n'entame sa décision de repartir, mais cette fois-ci pour un voyage touristique.

La nuit tombe. Jamel s'enfonce dans une ruelle qui mène chez son père. Juste avant de disparaître dans le noir, il se prend le visage dans les mains.

Et il se met à prier…

# Loin du monde

## -1-

Non pas qu'elle se fasse un film dans la tête, mais son film reflète bien la réalité du moment. Elle n'invente rien et ne s'invente pas une nouvelle existence. Le mot vie n'existe plus à ses yeux. Elle dit qu'elle est finie et bien finie dans un monde loin du monde. Néanmoins, elle a décidé de vivre sa propre vie dans son propre monde. Ce monde qui lui appartient. Celui qui est le sien.

## -2-

Il sort sa bouteille de gros rouge et il se sert une rasade d'alcool, car même si ce pinard est pourri, c'est tout de même de l'alcool. Quant à la prévention des maladies liées à l'alcool comme au tabac, il ne connaît pas. Et il ne veut rien entendre. C'est normal, dit-il, il ne lui reste plus que le canon pour tenir. Pour oublier aussi. Et souvent, pour oublier la mort. Et celle de ses camarades de rue.

## -3-

Elle occupe un mètre carré de trottoir. De ce coin de trottoir qui donne sur une épicerie toute barbouillée de tags aux multiples couleurs et visages .Jeune encore, pour ne pas dire très jeune, elle dit qu'elle ne semble plus appartenir à la communauté des êtres humains, et encore bien moins à celle des chiens. D'ailleurs, elle ne possède pas d'animaux de compagnie comme ses amis d'infortune. Elle dit que ça pue et qu'il peuvent contracter des maladies. Elle ne parvient pas à s'arracher de la gueule du diable. Son diable. Etre une femme à la rue, dit-elle, c'est pire qu'être un mec dans pareille condition. Et elle poursuit : « C'est la porte ouverte à tout et à n'importe quoi : des viols, des agressions, de la fauche, … ». Et devant le Monde, elle a accepté de parler.

## -4-

Un autre jeune homme a choisi de s'installer tout contre un mur blanc. Sous son empilement de bâches et de cartons, on le remarque à peine. Il a planqué deux couvertures et un duvet sous ce qu'il appelle le sol de sa cabane, et certaines fois il appellera cela son coin de vie. D'autres fois il dira que c'est son habitation principale, puisque dans la journée il lui arrive d'aller traîner avec d'autres camarades de trottoir du côté des grands magasins. Il n'a jamais fait la manche dans le métro, car il ne s'est jamais estimé être un futur artiste de cabaret ; il chante faux, dit-il en souriant. C'est donc là qu'il dort depuis quelques mois maintenant. Il ne supporte pas du tout les centres d'hébergement mis à leur disposition. Il est seul dans la vie et dans son cœur. Pas d'amoureuse. Seul dans le froid et dans les nuages. Face au *Monde*.

## -5-

Ce jour-là, il gèle, les chaussées de la ville sont glissantes et par endroits, recouvertes de neige. Ses traits sont creusés et ses mains tremblent. Il est sans âge. Et il ne demande rien, ou presque aux passants.
Il est déjà mort.

## -6-

Contre les mauvais regards et les mots, elle s'est fait une carapace. Elle s'est retrouvée à la rue après la mort de son mari et de son enfant. « Mes deux adorés sont morts de maladies graves.» Elle perd tout : son logement, son travail, et surtout elle perd confiance en elle, puis c'est le grand désespoir. Elle n'aurait jamais imaginé se retrouver un jour sans abri. Lucide et encore belle malgré tous ses ennuis, elle espère un jour se sortir d'ici. Elle parle sans amertume et sans colère. Une sorte de résignation. Une sorte de fatalité. Peut-être.

*Alors dans la rumeur des villes, de toutes les villes du Monde, sous les lumières, dans la pluie, le froid ou l'orage, errant entre leurs rêves et leurs fantômes, et dans une indifférence totale, ils sombrent, comme englués dans la marge, cette marge qui est une vie qui bascule, en quelques instants, loin du monde, loin de l'homme.*

# Le monde de Jane

Sous la neige légère, la voiture s'avance sur une petite route embarrassée de congères. Passé un bois de sapins, des traces de pas s'enfoncent dans un chemin. Il faut laisser la voiture. Une dame paraît, fait signe de la suivre, montre la source où elle vient puiser son eau, marche sous les branches givrées, pousse la porte d'une maison enfouie dans les arbres et la neige. Du toit parsemé de tuiles translucides, la lumière tombe, verticale, sur un fouillis de plantes, de pinceaux, de livres, de couleurs et de plantes encore. On est ailleurs. On se croirait dehors. Un monde s'est ouvert. Celui de Jane. Un monde de dénuement, d'intensité, enraciné dans la nature et la vie. Un monde nu, fort, foisonnant. Dans ce bazar de verdure et de peinture, dans la pauvreté, le désordre des jours, la beauté fait son nid, une dame blanche s'est posée sur une toile, une nuée de papillons l'entoure. La chouette effraie plante son regard dans les yeux du visiteur et ne le quitte plus. Eh oui, la chouette est bien de retour, lorsqu'un vers de René Char donne son nom au dernier tableau en date de Jane. Ainsi naissent parfois les œuvres. D'une rencontre, d'une intuition, de l'éclair d'une vision, d'une alliance aussi soudaine que sereine. Avec une massive lenteur, une lenteur martelée, avec une humaine lenteur, Jane peint. L'aventure des tableaux dure des mois. C'est une traversée des couleurs, des formes, du temps, d'un fragment du monde. Elle dit qu'elle est une chouette et qu'elle est de retour comme les hirondelles chaque année retrouvent leurs nids. J'ai besoin d'un minimum d'harmonie pour peindre, dit-elle. Parfois, la vie a ses noirceurs où l'on perd le goût des couleurs, mais aussi des teintes fortes et des nuances profondes. La vie de Jane constitue une véritable palette d'artiste. Partie de chez ses parents très jeune, la jeune femme apprend la gravure sur pierre auprès d'un maître du genre. Puis elle découvre d'autres moyens de créations, et elle travaille surtout la peinture à l'huile et l'aquarelle.

Un jour, avec ses créations sous le bras, elle ose frapper à la porte d'un grand marchand de tableaux. Suivront des collections pour les uns et pour les autres. Elle a alors la vingtaine. Par cette fin des années soixante, elle rencontre John, étudiant aux Beaux-Arts de Londres. Ils se marient. Lors d'un voyage en montagnes, en passant une vallée, ils découvrent un panneau indiquant le village de D. Ils décident de s'y rendre à pied avec l'idée d'acheter une bicoque. Au bout du chemin, rien n'est à vendre, alors ils poussent jusqu'au village suivant et trouvent une maison à l'écart, seule sous les arbres. Jane s'y installe pour quelques mois et se lance dans la peinture à l'huile. Lors de ses séjours dans cette contrée, passionnée par les plantes et les fleurs, elle s'immerge dans la nature. Au bout de trois mois elle ramène une série de toiles qu'elle expose à la galerie Lucien N, à Paris. Toutes se vendent lors du vernissage. Les années passent. Elle reprend sa liberté, s'installe dans la région parisienne, continue à peindre, collabore comme illustratrice à plusieurs magazines. Elle rencontre une amie au nom de Tina, qui est la veuve d'un grand poète, et la photographe Sarah M qui vit avec un écrivain célèbre. Elle prépare pendant trois ans une nouvelle exposition pour une galerie. Quelques jours après le vernissage, elle coupe les ponts, part en Egypte où elle y reste près de trois ans. « J'avais besoin de lumières, d'espaces, de couleurs. » A son retour dans les années soixante-quinze, Jane est ruinée, et Paris l'a oubliée. Elle regagne l'Angleterre, échange des tableaux contre un hébergement, vit dans des communautés. A des milliers de kilomètres de là, un ami, un richissime collectionneur américain qui a été subjugué par ses illustrations parues dans plusieurs magazines, finit par la retrouver. Il lui achète des toiles, notamment sa série de pyramides, pour un musée, où désormais ses œuvres côtoieront celles de peintres mondialement connus.

Elle connaît alors des heures fastes, a pour clients des barons et des princes, vend des tableaux et n'arrête pas de vendre, ce qui ne l'empêche pas de vivre en marge dans des plus fameux squats de Londres. Lassée de cette existence, elle décide de rentrer en France avec Peter, un ami peintre. Ils s'installent dans un petit village et se marient. Le retour aux sources, à la nature, vire peu à peu au cauchemar. Son ami sombre progressivement dans la folie et l'alcoolisme, et perd le goût de peindre. Un trou noir qui durera quelques années, la laissera seule.

De jour en jour, Jane plonge dans son monde, dans son univers naturel, d'une sauvage douceur. Sa vie, elle la soigne avec des plantes, des oiseaux, des insectes ou des étoiles. Ce qu'elle peint. Elle part en promenade sur un tableau, dessine un détail par-ci, une fleur par-là, le ciel passe et y laisse la lune, l'été un sillage de feuilles sèches. Un oiseau se cache dans un feuillage, ses plumes même sont des feuilles d'une autre nature. Une chenille hésite entre la fleur et le papillon ; un insecte se désaltère dans la nuit. La fraîcheur est immensité. Originale, marginale, unique, Jane a peu à peu fait sa place, non sans heurt parfois, en ce coin de montagne. Dans le village, on raconte, que le matin, lorsqu'elle donne à manger, les oiseaux de la forêt viennent se poser sur elle. Pour l'heure, Jane se soucie de deux autres protégés, Louis et Thomas, deux chômeurs qu'elle vient chercher dans un autre petit village, une fois par semaine, et qu'elle amène dans son atelier. « Ils n'avaient jamais peint, mais ils ont gardé l'innocence du regard. » Tous deux ont commencé, chacun à sa façon, à peindre un grand arbre. Un arbre de vie aussi grand que le cœur de Jane, pour montrer que, même aux heures sombres, l'homme demeure un être vertical, à mi-chemin entre la terre et les cieux.

# L'homme de papier

A se regarder dans le miroir, il se trouvait une tête de déterré. La lumière violente de l'unique ampoule faisait saillir ses rides et rosait les efflorescences de sa peau avec une précision par trop déconcertante. Il était donc là, à se triturer les joues, à redonner à ses quelques cheveux qui restaient en bataille au-dessus de son crâne un apprêt consolant, quand l'irrépressible morosité de son allure finit par le stupéfier de rage. Rage de devoir confier à son miroir toute sa personnalité. Un examen si soupçonneux avait toute chance d'affecter un jour ou l'autre sa journée de travail. Parfois, sa nervosité se changeait en angoisse. Il se voyait comme une de ces créatures subitement plongée dans l'horreur, et qui devait s'arracher sans tarder à la tentation de n'y pas croire. A la tentation trop facile d'échapper au réel par l'esprit. Effectivement, sa seule et unique nourriture, fut celle de son propre esprit : la littérature. C'est ainsi, qu'en se penchant un jour, tout juste un peu, il attrapa un livre qui tentait de se dérober à portée de sa main. En fait, où qu'il se plaçât dans sa bibliothèque, les livres fuyaient ses mains. Il oeuvrait dans une curieuse pièce triangulaire, juste à un bout de son appartement, aménagée en toute simplicité. Au milieu, un bureau très modeste, une chaise en paille et une chaise tournante, et partout alentour, des étagères faites sur mesure pour occuper le moindre espace des murs, entre le sol et le plafond. Et puis bien sûr, une quantité innombrable de livres, allant du simple manuscrit à la collection des plus prestigieuses. Tout ce qui avait pu être écrit autrefois comme aujourd'hui trouvait grâce à ses yeux, toute sa place. Pourvu qu'on pût le ranger, le répertorier, le classer par collections, par formats, par langues aussi. Ce rat de bibliothèque n'avait jamais refusé refuge à aucun livre, broché, cartonné, relié, et de toutes les couleurs. Les livres inspirés voisinaient avec les best-sellers, les chroniques avec les prix littéraires, les albums de bandes dessinées avec les toiles d'araignées, ainsi de suite… Et depuis fort longtemps, il avait fait sien ce slogan, pour ne pas dire sa propre devise : un bouquin, c'est comme un ami ; il faut toujours le garder près de soi. Mais faut-il se méfier assez de ses bons amis ? Surtout lorsqu'ils se multiplient comme la vermine, et qu'on finit par ne plus les connaître tous…

Avec le temps, le surpeuplement de la bibliothèque, l'amoncellement désordonné de toute cette marchandise intellectuelle détruisit la parfaite ordonnance du lieu. Les bouquins s'entassèrent dans tous les coins de la pièce, ignorant l'élégance des parfaites reliures de luxe ; la noblesse du papier bible. A noter, que certains ne pouvaient être lus sans une comique contorsion de la tête. Et c'est ce qui lui arrivait trop souvent. Il eut un premier avertissement . C'était un jour de canicule. Des rayonnages, se leva une sorte de poussière insoupçonnable, composée de sciure de papier, qui saisit l'homme à la gorge, le recouvrit de cendres grisonnantes fines comme de la farine, le fit tousser, hoqueter ; puis suffoqua. Il ne trouva enfin le salut qu'en fuyant, à moitié asphyxié, hors de la bibliothèque, sans même avoir compris ce qui lui arrivait. Alors il lui vint à l'esprit d'interroger le miroir. Mais hélas, aucune réponse valable s'en dégagea. L'espace vital continua de se restreindre jour après jour, ce qui l'obligea de vivre définitivement dans cette pièce. Il y dormit, fit la cuisine et sa toilette, mais ce n'est pas son livre de chevet préféré et ponctuellement extirpé de son antre, qui permettait vraiment mieux de respirer.

Un soir d'hiver, il rentra avec une caisse pleine de volumes divers, sauvés de la décharge municipale. Comme il se baissait pour fourrer dans les bas-fonds une dizaine de lourds volumes, de la plus haute étagère se détacha une encyclopédie qui vint s'abattre avec violence sur la tête du vieux monsieur...

Le visage du mort était paisible. Les lèvres entrouvertes semblaient dire quelque chose : « Bon Dieu ! J'aurais dû m'en douter... » Il pouvait donc se faire que le fameux miroir ne dise pas ce qui fut...

# Aujourd'hui, il dit encore

Il dit encore : Trains à grande vitesse, comme la vie – ou en marche régulière -, trains au ralenti, images de paysages accélérées et ulcérées – trains en arrêt : STOP -, arrêt d'un long et trop long convoi, terminus Nord-Sud d'une gare inconnue. Centaines de jambes de toutes couleurs, de tous volumes, confondues au beau milieu de bagages en vrac. Toujours les mêmes histoires d'hommes, de chair, amas d'os, de muscles, de nerfs et d'estomacs angoissés, d'artères sclérosées.

Se supporter, supporter son propre corps, ses douleurs. Plaisir de souffrir ? ou pleurer d'amour pour un voyage. Jouissance du monde. De Nous.

J'ai longtemps réfléchi, dit-il, à tout cela. Débrancher le téléphone, hiberner, changer de jobs, me métamorphoser en un autre individu, me glisser dans une vie transparente ; celle d'une fleur, me laisser nourrir, me laisser mourir. Quel divertissement !

Devenir subitement chien, chat, documents littéraires, documents froissés, moisis, carte de crédit-machine électronique me faisant la peau, cri poussé dans les engrenages magnétiques, des matériaux les plus sophistiqués, billets de banque, me laisser palper par des mains anonymes des journées de transaction, vêtements pour me faire essayer, chiffonner, gratter, épingler. Retour aux rayons des invendus.

Voitures, bateaux de plaisance, goûts à l'aventure.

Maisons cossues, délabrées, intempéries. Renaissantes ou abandonnées. Façades. Propositions d'honnêtes messieurs aux mains pleines de sagesse, faiseurs de pluie, de soleil, vendeurs, marchands de rêves. Proposer tout et tout.

Au cœur de ma vie, maintenant je pars…

# La femme qui écrivait

Anita R., qui vient de mourir à l'âge de 90 ans, était une femme écrivain qui n'a jamais cessé d'écrire. Elle a pratiqué son métier, comme elle se plaisait à le dire, presque toute sa vie. Elle aura été une romancière formidable et lue dans le monde entier avec toujours un immense plaisir. Il fallait souligner aussi que c'était une personnalité très belle. Elle a écrit sur les états d'âme de l'homme ainsi que sur les politiciens de son époque. Elle aura vendu plus de vingt millions de livres de par le monde et tous traduits. Elle disait aux journalistes : « J'écris lorsque j'en ai envie. Mais surtout lorsqu'il pleut ou bien lorsqu'il fait orage. Cela me donne plein d'idées car mon imagination ne fait qu'un tour. Vous savez, le vent dans mon écriture, c'est le tourment. Voilà comment je le dessine. Avec des mots. » Elle n'a jamais inventé des personnages extraordinaires dans sa littérature, mais chacun de ses personnages exprimait toujours une volonté de bien faire. Elle n'a pas écrit sur des crimes et encore bien moins sur la violence dans les banlieues. Elle était née à Boston, dans une famille très pauvre. Confrontée très tôt aux difficultés de la vie, ce qui lui donna une certaine maturité. Elle remplaça son père en qualité de chef de famille qui mourut prématurément. Sa mère faisait des ménages toute la journée. C'est pour cette raison qu'elle se mit tout de suite à travailler et par la suite à écrire. Elle a toujours eu une envie de raconter. Dans ses plus récents livres, on retrouvait un peu de son passé de petite fille, puis de jeune femme mature. Elle a eu trois maris et trois enfants. Le premier l'a abandonnée quand elle avait 22 ans et un enfant en bas âge, pour vivre avec un musicien. Le second l'a encouragée à écrire de plus en plus et lui a fait le deuxième enfant. Enfin le troisième mari lui a fait son troisième enfant mais détestait ce qu'elle écrivait. Elle a démarré avec un certain nombre de handicaps dans la vie : abandon de l'école à 13 ans, femme larguée par ses différents maris, tuberculose puis quelques séjours en sanatoriums, et pour finir, une crise cardiaque.

Cela ne l'empêchait pas d'être une femme très accueillante, amusante, curieuse, combative, et sévère parfois avec des proches qui ne respectaient pas ses diktats. Elle adorait le thé ; elle en buvait jusqu'à une vingtaine de tasses par jour. « J'ai été élevée avec certains principes comme le respect d'autrui, la politesse, sur le plan humain. »

Elle a énormément travaillé, quasiment jusqu'à la fin de sa vie. Son dernier roman publié, elle l'a écrit dans son lit. Mais celui-ci est sorti lorsqu'elle n'était plus de ce monde.

# Le poète est mort

Il s'est éteint, comme s'il s'était échappé d'une prison. Jean a terminé sa vie un lundi 27 du mois dernier. Tout balafré de cancers, et Dieu qu'il s'en est tapé des cancers, et de toutes sortes et dans toutes les régions du corps : les poumons, le tube digestif, le foie, les os, pour finir par une tumeur de la peau. Bardé de prix littéraires internationaux, il allait avoir 76 ans. Combien de recueils de vers mélancoliques, car Jean était un vrai type bourré de mélancolie, et d'autres genres : romans, récits, nouvelles, et cela depuis les années 60. Il adorait aussi l'aquarelle. Il s'était inscrit voilà quelques semaines dans une association de sa ville. Et puis c'est un type qui a bourlingué pas mal. De la France vers l'Espagne, en passant par l'Italie, puis la Grèce, lorsqu'un jour de retour dans sa maison de campagne, il décida de tout abandonner pour aller se réfugier en Asie. Lors d'un entretien avec un journaliste, Jean racontait ainsi ses débuts dans la vie : « J'ai passé toute mon enfance dans les montagnes, où j'y ai appris l'agriculture, car les métiers de la terre m'attiraient pour ensuite être allé faire quelques études en faculté. Je suis né dans les années trente de parents qui sont morts très tôt. Alors ma tante s'est occupée de moi. Fils unique, elle m'a gâté comme si j'étais son propre fils. Mes cousins sont restés des frères pour moi. Je suis un véritable vagabond des lettres ! » Quant à ses débuts comme écrivain, il les racontera à sa manière, plus soucieux d'atmosphère que de faits. Puis dans les années 80, il a écopé de quelques mois de prison pour avoir hébergé une famille qui était arrivée sur son sol sans papiers. Mais une chose qu'il ignorait : cette famille avait effectué quelques braquages, notamment le mari, dans leur propre pays. En réalité, cette

140

famille était recherchée depuis longtemps pour ce type de faits. Fuyant en suite sa terre natale, laissant derrière lui maison, terrain, poules et canards, il entame alors une existence de nomade, d'abord en Allemagne puis en Italie où d'ailleurs il y résidera jusqu'à extinction de son âme. Il vit dans un décor de bouquins, de tableaux et de pinceaux. Il expose, participe à des séances de signatures et par la même occasion, il prend enfin conscience, qu'il est vraiment doué pour les langues.

« C'est au cours de mes errances que j'ai appris des bribes de mots, ce qui, mis bout à bout, m'auront permis de me débrouiller pour parler, enfin, me faire comprendre. » Il aura vécu dans des hôtels borgnes. Il aura rencontré des « mauvaises » filles, comme il se plaît à le dire avec un sourire coquin au coin des lèvres. Loin d'être le paradis, cavaler sans cesse comme il l'a fait durant des années, sa vie aura frôlé l'enfer : de véritables lignes de fuite. Tout compte fait, dit-il, je ne suis pas un grand écrivain, mais simplement un prosateur comme la plupart des gens qui écrivent. Et il poursuit : « Même le Nobel, reste pour moi quelqu'un qui écrit tout simplement. Vous savez, l'attribution d'un prix, c'est une histoire qui se règle entre une toute petite poignée de types... »

# Silence

Afrodite ne rencontra jamais personne qui ne la prît au sérieux. Avec un prénom pareil, il lui était difficile de croire en sa propre existence. Elle possédait de véritables talents dans des domaines aussi variés que la peinture, la sculpture, le dessin, la musique, les dissertations philosophiques ou les contes de personnages mystérieux. Elle faisait l'amour d'une façon extraordinaire avec les pages de ses livres préférés qui volèrent maintes fois entre ses doigts de fée. Elle était la reine des petits déjeuners pris au lit, ce qui horripilait ses parents. Seule la bonne, qu'elle considérait comme une sœur pouvait la comprendre, la protéger et l'aimer. Afrodite était une intellectuelle hors pair, ce qui enchantait les commères du quartier, ces vieilles bigotes aux chicots noircis, aux visages burinés par les ans, aux mains vieillies par les lessives au lavoir, ainsi que sa propre famille. Excellente comédienne et surtout incollable en ce qui concernait l'Obélisque de la Concorde, ou encore lorsqu'il fallait jouer à se remémorer les dates d'histoire, la mort de personnages illustres, les œuvres d'auteurs célèbres. Elle n'eut pas mis une fois de plus les pieds à l'école pour s'y instruire car les cours l'ennuyaient. Mais elle avait tout lu ce qui pouvait se lire. Elle savait combien elle mesurait, combien elle pesait, l'heure exacte à laquelle elle était née, combien de kilomètres elle avait parcouru pendant le temps de sa scolarité à Paris, la longueur exacte des lignes de métro, le nom de toutes les stations et même ce qui signifiait le deuxième hiéroglyphe en bas à gauche des pages de livres introuvables aujourd'hui. Par contre, Afrodite ne faisait pas étalage de sa science, outre que c'était assez difficile à introduire dans une conversation ; elle disait les mots les plus simples, de ceux qui vont droit au cœur, qui sonnent et qui suggèrent tout un monde, préférant le mot juste au mot rare. Elle aurait été bien en peine de justifier un intérêt exclusif pour un moment de liberté. Bien sûr, elle aurait aimé comme tout le monde, qu'un beau jeune homme lui tienne compagnie des jours durant pour ne pas dire des années. Qu'il l'accompagne chaque soir au bord du sommeil, qu'il glisse une jambe puis l'autre et s'endorme contre elle dans sa chaleur. Paisible, elle aurait posé sa tête dans le creux de son épaule. Elle aurait soupiré de plaisir, aurait fermé les yeux.

Mais hélas, elle ne rencontra jamais cette espèce de bonheur, et elle dut une fois pour toutes se résigner à son absence définitive. Bien sûr elle pourrait facilement le remplacer par des amants de passage. Mais à peine s'étaient-ils détachés d'elle pour s'endormir à ses côtés que leur présence devenait insupportable. Elle tira définitivement un trait dessus, et elle ravala sa frustration qu'elle ne parvenait pas à dépasser et que probablement elle ne parviendrait jamais à s'en remettre. Elle consulta un médecin qui lui prescrivit quelques petites pilules blanches, qu'elle accepta d'avaler. Mais celles-ci la laissaient, au petit matin, molle et déprimée. Elle les jeta et tenta de vivre la nuit. Elle sortit beaucoup, but un peu trop quelquefois, se coucha très tard. Sans grand succès. Alors elle pensa que son sommeil s'était enfui pour toujours. Que c'était sans grand espoir. Depuis quelque temps, sans doute était-ce dû à ses insomnies, elle observait en elle d'étranges sensations. Quand elle se trouvait dans la foule, par exemple dans le métro ou dans la rue, elle était comme anesthésiée. Le brouhaha de cette présence multiple l'apaisait et ses paupières devenaient lourdes ; son regard un peu trouble. Peu à peu, la foule s'estompait, ne laissant d'elle qu'une vague rumeur lénifiante. Elle restait seule, le regard dans le lointain. Ou bien le contraire se produisait : il n'y avait personne ; juste le silence. Et son silence se peuplait de chimères, de personnages fantomatiques qui l'accompagnaient juste un moment. Elle fermait alors les yeux, et c'était comme si un homme, un inconnu de sa mémoire l'avait agressée parce qu'elle lui avait refusé ses avances lors d'une rencontre passagère.

Ce soir-là, épuisée par le manque de sommeil, elle rentra plutôt que d'habitude. La chambre était telle qu'elle l'avait laissée le matin. Obscure, avec un désordre indescriptible. On pouvait y trouver tout ce que l'on n'aurait pas acheté aux Puces de Paris : des bibelots ébréchés s'amoncelant au pied de son lit, des pierres précieuses que la bonne avait rapportées d'Espagne scindées de graisse figée, des livres d'histoire napoléonienne, des tableaux dont la peinture s'était estompée, des lithogravures aux images effacées, des fleurs séchées, des potiches en grès ainsi qu'un vieux poste de télévision, le tout recouvert d'une tonne de poussière. La table principale  de la pièce était recouverte de vieux journaux, de tasses où restaient des fonds de café poisseux de sucre, et un chemisier raide d'amidon.

Pour une fois, il lui sembla que le sommeil la gagnait. Lentement, sans bruit, et pour ne pas laisser s'envoler ce début de somnolence, elle ôta ses vêtements, et se dirigea vers le lit. Au passage, elle attrapa un chandelier sur une des étagères du meuble, chercha dans la totale obscurité les allumettes dans le fouillis, et d'une main habile alluma les quatre bougies fichées dessus. Une odeur douceâtre s'en échappait. Ses narines se mirent à palpiter comme un cœur en détresse. S'assurant que la porte d'entrée était bien fermée, puis posant le chandelier à côté de son lit, elle souleva le drap avec délicatesse, et reprit celui-ci en main, descendit un escalier dont certaines marches vermoulues menaçaient de s'effondrer. Tous ses tics l'avaient quittée, un sourire s'épanouissait sur ses lèvres un peu fiévreuses, révélant un manque fâcheux dans l'alignement de ses dents. Arrivée au bas de l'escalier, elle poussa un soupir de satisfaction en respirant l'air empuanti par les miasmes et la pourriture de la cave. Quiconque

144

aurait découvert l'horreur révélée par les lueurs chancelantes des bougies aurait fui en poussant des hurlements d'effroi. Mais la démence n'a pas ce genre de délicatesse et celle morbide d'Afrodite n'avait rien à envier à celle d'autres personnages, qu'ils soient éventreurs ou encore chimères. Le visage habituellement pâle d'Afrodite s'était brusquement allumé de taches cramoisies et ses yeux devinrent luisants comme des étoiles qui brûlèrent d'un plaisir intense. Bercée par cette calme respiration qui déjà l'attira vers le sommeil, ses paupières se fermèrent petit à petit, comme dans un rituel, avec des gestes de somnambule, obsédée par un corps qui dormirait à côté du sien. Elle remonta une à une les marches du terrible escalier, tenant dans la main droite le chandelier qui lui servait de lumière, et regagna sa chambre. On eût dit que quelqu'un avait déjà couché. « Impossible ! » pensa-t-elle en esquissant prudemment un pas vers la forme allongée. Elle regarda intensément le lit ; cette forme. Un sommier et un matelas. Rien d'autre. Il n'y avait qu'une chose à faire : descendre cette horreur à la cave. Mais sa quête ne s'arrêta pas là. Elle commença par tourner autour du lit, lentement, la gorge serrée. Prenant ses aises, elle touchait le pied puis la tête de métal. Glissant sur le contour froid de la tête, ses doigts rencontrèrent des aspérités déplaisantes. Elle fut tentée de les gratter du bout de l'index. Elle chassa aussitôt les idées saugrenues pour ne pas dire effrayantes qui lui traversaient l'esprit et se mit en devoir de pousser le lit ; de le bouger un peu.

Son cœur battait à tout rompre. Quand la peur la quitta d'un coup.

Maintenant la chambre était retombée dans le silence . De nouveau dans son lit, elle se mit longuement à réfléchir à l'étrangeté de la situation, lorsqu'elle reprit ses esprits, se leva et alla à la fenêtre. Il faisait chaud, très chaud, comme en plein cœur de l'été. On n'était pourtant qu'en avril. La lune fuyait en déversant sa lumière laiteuse…

# Bref souvenir

Il y a, dans les paysages d'Afrique, une poésie indéchiffrable, une petite mélancolie qui nous gagne l'esprit pour celui ou celle qui n'a pas l'habitude des lourdeurs de ces vies. Enfin, ce beau paysage de ce coin d'Afrique, nous indique que la nature est un temple, et que nous sommes nus face à Dieu et face au temps. Et c'est ainsi que sont blotties quelques villes qui se nourrissent de l'eau rousse aux reflets d'ardoises comme le décrivait Gérard de Nerval. Et c'est ainsi jusqu'au Delta méditerranéen, le nid choisi par l'Egypte pour y procréer une cité magique, orientale, déconcertante. La ville arrive alors et vous happe jusque dans ses entrailles. Pénétrer dans ce petit coin d'Afrique où les premiers mots sont prières, quand le chant du coq résonne dans la tête, quand le soleil colore imperceptiblement l'horizon, là-bas, tout au bout du désert, et que la voix grave et éternelle du muezzin essaime ses louanges sur les villages fellah encore endormis. Un air sec se mêle au parfum de jasmin du Nil et ceux du désert.

La terre était rouge sur la route de Nagada. Une terre faite pour porter l'olivier et le dattier, livrée à présent aux cailloux et aux lenstiques. Dans le silence de ce petit coin du monde, là où la plaine semblait faire le gros dos et où autrefois siégeaient des nécropoles. Il était midi et à cette heure le soleil séchait les couleurs. La chaleur diluait le tracé des collines avec la ligne d'horizon. Paul finit par s'arrêter devant un vieillard assis sur le pas de sa porte. Penché à la portière, il avait demandé : « Nagada, c'est bien par là ? » Les bras du vieux étaient aussi noués qu'un cep de vigne qui s'était enroulé plusieurs fois sur lui-même avant de s'emparer d'une poutre sortant du toit. Il vînt à nous, souriant, les yeux étonnamment noirs dans sa face d'Arabe. Puis s'adressant de nouveau au vieux, Paul répéta sa question : « Nagada, c'est bien par là ? » L'homme ne semblait pas comprendre. Il se grattait le crâne, sous son turban, plissait le front dans un effort de réflexion. Pourtant nous ne devions pas être loin de cette ville un peu tombée en ruine. Bien injustement toutefois, car soudain, les traits du vieux s'étaient éclairés. « Nagada ! s'écria-t-il en se donnant une tape sur le front. » Ses lèvres s'entrouvrirent largement. Sa dent en or accrocha un rayon de soleil. Il était heureux de pouvoir nous renseigner et nous rassura que nous étions dans la bonne direction. A mesure que nous avancions, nos yeux fixaient le décor. Nous pouvions déchiffrer sur le sable de minces écritures de pattes et de ventres. Le sable modifiait ses empreintes. Les premières dunes ne ressemblaient-elles pas à ces vagues d'argile que la mer découvre près des quais en se retirant ? Les siècles avaient passé. Maintenant, la route escaladait une colline pierreuse. L'air chaud avait asséché nos lèvres. Soudain, de loin, Nagada semblait poindre à l'horizon, avec sa mosquée et son marbre plaqué par endroits de lames d'or où le soleil se prend. Sous le ciel indigo, la lumière incendiait la ville, faisait flamber les pierres en saillie des façades. On aurait dit un immense boisseau de cierges. Paul me raconta qu'autrefois, dans la nuit du jeudi au vendredi, les vivants venaient visiter leurs morts. Ils passaient la nuit à chanter, à rire, à prier, assis sur des pierres. Ils parlaient aux défunts et partageaient avec eux des nourritures. Dans tous les caveaux, de petites veilleuses brûlaient. Il ressentait comme moi, une espèce de tristesse ; cette atmosphère d'abandon. J'avais la gorge en feu. J'avais soif. Ouf ! Nous arrivâmes.

Il m'avait entraîné vers une fontaine installée au milieu d'une cour. Une bédouine s'en éloignait d'un pas alerte, sa jarre en équilibre sur la tête. Nous bûmes cette eau fraîche. Pour moi, l'atmosphère était tout autre. J'étais certain d'y déceler quelque chose d'étrange, issu d'un passé profond. Des touristes se reposaient sur les marches du monumental escalier menant à des ruelles étroites où il y avait un marché aux choux.

Ils semblaient las, mais heureux. L'ombre dentelée des arcades découpait des zones sombres sur leurs corps affaissés. D'autres erraient, le visage levé vers le ciel. Les lunettes sur le nez, un guide à la main. C'est extraordinaire ! fit Paul. Sa remarque me ramenait au présent. Effectivement, à moi aussi, tout me semblait extraordinaire. « On ne se désintéresse pas de la culture, ni du patrimoine dans ce pays », approuva-t-il. Je comprenais à présent d'où émanait la tristesse des lieux. Nous marchâmes. Il ne nous restait plus qu'à les visiter.

Aujourd'hui, seuls quelques monuments sont debout. Les mausolées ont été murés ou rasés au sol. Les peintures ont pâli. Les rayures des ornements ont passé et sont devenues presque pareilles à des ombres. La poussière du désert a tout repris. Elle poudre les façades d'une fine couche ocre. Et les tombes ouvertes, crachant leurs gravats, encouragent l'ange de la mort.

Avec les blocs arrachés aux pyramides, des lieux éducatifs ont vu le jour. Le seuil du palais d'un certain sultan est orné de cartouches  prises à Ramsès. Le corps d'Osiris, dépecé, avait su germer en nouvelles récoltes. Les tombes, elles, ont servi de carrière de marbre aux pillards. Leurs dalles sont aujourd'hui encastrées dans de riches maisons du Caire et du Delta. Elles ornent le sol des entrées ou les murs des salles de bains. Les anciens livres de prières sont retournés au sable eux aussi. Bue par le sol, leur encre a peu à peu pâli. Leur parchemin s'est défait et a pourri.

Un cimetière. Les tombes sont en forme de lits et de tables. A l'entrée d'un caveau, à droite, un homme assis sur ses talons fume le narguilé. Des chats rôdent entre les piliers brisés. Un groupe de femmes étend du linge entre deux pans de mur. Une poule pique du bec dans la boue. Dans l'enclos des kabbalistes, des ânes se promènent et des chiens jaunes galopent dans l'étrangeté de ces avenues, prêts à s'entre-tuer pour un lambeau de chair. Nus ou vêtus d'un pyjama souillé, des enfants courent et font trembler la terre battue ; monter la poussière. Cette cité me paraît être la caricature d'un simple

148

faubourg, une pauvre banlieue du monde, modelée par de violents coups de pouces dans l'argile et la paille, la poussière et le sable. Cette couleur jaune, un peu orange aussi, mélangée à du rouge, celle des bras et jambes nus des gosses ; des morceaux de visages qui se découvrent l'espace d'un regard entre les voiles. Une couleur de boue qui colle aux ongles tel du miel ; misère accrochée à la vie comme un crabe. Ici la nuit tombe d'un coup avec la brusquerie soudaine de l'Orient. La ville retourne au silence. Le cercle des enfants ainsi que celui des touristes s'est défait. Les morts se sont endormis sous les lourdes pierres dorées encore toutes chaudes de la journée. Paul et moi devons trouver un endroit où dormir. Le rêve toujours est à portée de main. Pourtant, ici, ce n'est pas au milieu de la nuit que se lèvent les fantômes pour menacer ceux qui errent entre les pyramides.

Paul m'a raconté qu'une goule, une femme nue et très belle, hante les parages de la pyramide de Mykérinos. C'est une femme à la beauté insoutenable, une sœur des Gorgones, car ceux qui osent poser leur regard sur elle en deviennent fous. C'est une vieille légende arabe écrite à quelque part !…

N'est -ce pas dans cette lumière si violente, que le sable en frémit où l'heure propice est à la sieste et aux songes ?

Ce matin, le ciel se farde de jaune…

# Nuit blanche

Le samedi est un jour que je déteste. C'est drôle car c'est un samedi que j'ai emménagé dans mon appartement, comme si tous les autres jours de la semaine étaient sans longueur. Quand arrive le dernier jour de la semaine, je sais que le lendemain sera repos. C'est pourquoi, ce samedi j'ai décidé de sortir. La nuit est déjà là. Une atmosphère règne au pied de la ville. Je vois à quelques dix mètres, deux garçons qui subitement me regardent en souriant, adossés à un mur de briques rouges. Je connais bien cet endroit pour y être passé maintes fois. Il y a une petite place très jolie. Sur cette petite place, je sais que tous les samedis matin il y a un grand marché aux fleurs qui me rappelle celui de Paris. Une église du XIIe rénovée accueille l'été beaucoup de visiteurs. Les espaces verts sont toujours bien entretenus. Dans cette rue : deux boulangeries, un tapissier, un cordonnier comme dans l'ancien temps, ainsi qu'une petite librairie où l'étalage expose des livres que l'on ne trouve plus dans le commerce courant. C'est très beau et la vie y est toujours présente. Et les deux garçons me semblent heureux. Alors je me chausse à toute vitesse, enfile mon caban noir, noue mon écharpe autour de mon cou, glisse mes mains dans une paire de gants noirs en laine, donne deux tours de clé dans ma serrure, dépose cette clé dans ma boîte aux lettres, puis dévale quatre à quatre les marches de bois qui n'en finissent pas de craquer sous mon poids de la fugue, et me voilà sur le trottoir. A petits pas, je m'approche d'eux, les interroge sur ce sourire amusé. Ils sont un peu surpris de m'entendre leur parler de flics ; de loubards. Je me dis en silence : « On dirait qu'ils ont peur. » Comme tous les garçons de l'ombre, ils doivent avoir peur, mais au fait, peur de qui ? et pourquoi ? puisqu'ils sont là.

-Tu es d'ici ? me demande le grand bond .

-Non.

-Tu es d'où ?

-De Paris .

-Pourquoi tu n'y es pas resté ?

-Parce que…

-Ah !

-Oui, absolument. Je crois qu'ici je vais un peu m'emmerder.

-Non, me dit-il, ici, on ne s'emmerde jamais. Ici, tu verras, il y a des boîtes , des bars branchés.

On s'arrête de dialoguer. On continue à fumer des cigarettes.

Je me mets à regarder l'autre, subitement. J'ignore tout du blond. C'est vrai, l'autre est différent dans son comportement. L'autre c'est le brun, tout vêtu de couleurs sombres, des cheveux coupés en un gazon ras, à la brosse et en pointe sur la nuque, et un peu hérissé sur le dessus de son crâne. Ses cheveux brillent. Les deux garçons ne partagent pas toujours mon avis pessimiste. Puis un de leurs amis vient nous rejoindre.

-Salut les mecs !

-Salut .

-Moi, c'est Franck. Et toi ?

-Marc.

-On s'est déjà rencontrés ?

-Non.

-Excuse. Je croyais .

Décidément, je ne m'en sortirai pas. Comment vais-je pouvoir me rappeler de tous ces types que je rencontre depuis que je suis ici, et qui, à quelques détails près, portent les mêmes prénoms. Entre-temps, un autre garçon arrive. Celui-ci ne nous salue pas. Je le trouve bizarre. Il fume une cigarette, chuchote quelque chose au blond dans le creux de l'oreille, puis repart. A ma grande surprise, le brun, le blond puis Franck vivent dans une maison, à quelques kilomètres d'ici (cinq environ), dans un petit village. Ils me proposent de les suivre. Je regarde ma montre : deux heures trente. Je monte sur le porte-bagages de l'un d'eux et on se met en route. Les gens poursuivent leur nuit. Grand silence. On arrive à la maison par une ruelle étroite qui se faufile entre des rangées de vigne d'où l'on peut apercevoir les toitures très basses des bâtisses. Nous laissons les mobylettes contre le mur. Le brun m'invite à entrer dans cette demeure. Le blond suit, ainsi que Franck, le professeur. Ils m'expliquent, debout dans une pièce, comment et avec quelle combine ils se sont procurés cette vieille bicoque. Je suis là, prostré, intimidé, jetant de temps en temps un coup d'œil à droite et à gauche. J'observe. Enfin, on s'assied. Le blond se lève, va au buffet, sort quelques bouteilles d'alcool et fait le tour de la salle. Dans cette pièce principale, sont accrochés aux murs, des posters de chanteurs des années soixante. Suivent trois pots avec des plantes vertes, quatre poufs, une vieille commode contre laquelle est appuyé un saxophone, derrière la porte d'entrée une guitare, des partitions au sol, et des chaussettes de laine qui sèchent sur un des trois radiateurs.

Dans l'embrasure de la porte de la chambre, j'aperçois quatre lits dont les couvertures me paraissent être usagées, un cendrier et un paquet de tabac à rouler sur le parquet luisant comme un miroir, enfin une lampe de chevet dont le tronc est une bouteille de whisky. Je lis sur l'étiquette : « Douze ans d'âge ». On écoute de la musique soul sur une puissante chaîne aux baffles qui font trembler les vitres. Et nous buvons de plus en plus. J'ai envie d'aller aux toilettes.
    -Les toilettes ?
    -Derrière la porte blanche, me dit-on. Là, tu trouveras les chiottes.
    Alors que j'élimine mes premières consommations, prenant tout mon temps, je les entends pouffer de rire, délirer, gesticuler, les bouteilles heurtant les verres, tels des fauves en cage, privés d'espace.

-Roule-moi un joint, demande le blond.

-Ok !

Puis le silence. Je me mets à observer par la petite fenêtre des toilettes, le paysage au clair de lune, d'une suavité écoeurante. Des champs bordés de ronces, des nuages bas, le ciel est bleu foncé, des arbres aux troncs pourris prêts à s'écrouler, des tas de ferraille, des carcasses de voitures et autres déchets laissés là pour compte. Je viens les rejoindre. Ils sont affalés sur les poufs. Le brun s'est endormi le verre à la main. Le blond délire. Quant à Franck, lui demeure encore lucide. Je n'ai pas fumé, dit-il. Quatre heures du matin au village perdu. Lorsque tous refont surface. Ils n'étaient pas morts... On rediscute de choses et d'autres après l'ivresse du corps et de l'âme...

# Théorie de la chance

Diego Paestra avait pour habitude de se rendre plusieurs fois par semaine dans un café bruyant et enfumé, où planait une sorte d'ennui mêlé de mystères auxquels contribuait un jeu de lumières et de contrastes des ampoules jaunâtres qui distribuaient un éclairage parcimonieux. La dominante jaune était renforcée par les murs, qui jadis étaient blancs, aujourd'hui jaunis par des années de tabagie. L'ensemble baignait dans une espèce d'atmosphère d'irréalité où toutes les classes sociales se côtoyaient, du plus riche au plus pauvre, en passant par quelques filles des boulevards qui avalaient vite fait un café après une nuit quelque peu agitée. Les clients avaient par habitude d'échanger leurs propos à voix basse sur des jeux de hasard, allant de l'Euro millions au loto classique, terminant par les paris sportifs. L'intérêt principal de ce troquet était qu'on y passait d'excellents moments de détente.

Ce soir il prit place à sa table habituelle, sur laquelle des grilles de jeux étaient éparpillées, en attendant un copain d'enfance, lorsqu'il remarqua à quelques tables de la sienne, une jeune femme, jolie et élancée, vêtue d'un ensemble noir au visage peu commun qui le frappa. Il y flamboyait deux grands yeux anthracite. Elle semblait tout comme lui attendre quelqu'un. Chez Paco, on y respirait une certaine sérénité, jusqu'à la méditation, qui permettait aux clients fidèles de se ressourcer après une journée de travail.

Il se mit à se souvenir que dans cette terre aride, les seuls arbres qui poussaient étaient des oliviers, où le manque se faisait sentir partout. C'est là que Diégo était né, et malgré tout, il aimait sa terre, vivant avec elle et s'identifiant à elle

154

dans ses pensées. Il avait lu beaucoup de livres, ceux de son village et des environs.

Débarqué en France, son souhait était de se marier. Cet acte à ses yeux était sacré, et nul ne pouvait le dissoudre. Il épousa Marlène un jour pluvieux. Aux yeux de tous, ils étaient mari et femme. Marlène avait fait des études universitaires et militait dans un parti contraire à ses idées. Pour lui faire plaisir, il assistait à quelques réunions qu'il ne comprenait guère. Il n'aimait pas ces gens qui levaient le poing en l'air et manifestaient. Leur vie commune avait commencé dans un cinq pièces d'un quartier chic de la ville, dans l'attente d'une maison.

Il se rappelait de matins, sortant de son lit en la regardant dormir. Elle avait l'air d'une enfant gâtée. Sa compagnie lui plaisait beaucoup jusqu'à lui donner une fille qui mourut prématurément.

De l'argent qu'il gagnait à l'usine, le fruit d'un travail à la chaîne, pénible et peu rémunéré, il envoyait une partie à ses parents qui étaient restés vivre en Espagne.

Ses pensées allaient toujours vers eux ; il ne pouvait les oublier.

Puis sa vie était devenue une routine. Comme il éprouvait sans cesse des difficultés à comprendre la langue, il fréquentait ce seul café où se rendaient la plupart de ses compatriotes. Il acheta un livre de grammaire et assista une fois par semaine pendant une année à des cours de français offerts par une association.

Vingt ans déjà, et il revoyait son passé. Quand il faisait le tour de sa vie, il se disait qu'il n'avait pas eu beaucoup de chance. Le travail lui avait brisé sa santé. Il s'était marié avec une femme qu'il avait cru aimer à la folie, pour finalement se retrouver seul. Dans son cœur, il n'y avait de place que pour son seul espoir : la chance un jour de gagner une petite somme d'argent et retourner au pays.

Chaque jour son amour pour Marlène perdait de sa vitesse. Très occupée par ses multiples activités, et des invitations qu'elle honorait, elle avait su prendre une fois pour toutes sa beauté de bel hidalgo, et faire en sorte que cet homme devienne un étranger ; un homme que l'on ne comprend plus. Elle trouvait toujours le moyen pour l'irriter, le fâcher, le mettre hors de lui, ce qui provoquait de violentes disputes dans le ménage. Il se savait très violent, et était arrivé à analyser la provenance du malaise. « Marlène a fait des études. Moi pas. Je suis inférieur à elle. » Tout ce qu'elle ne cessait de lui reprocher. Alors il quittait le domicile pour le bistrot, plusieurs fois par semaine où il jouait aux cartes et grattait quelques grilles, avec ses amis d'un soir, lorsqu'un jour il rencontra la jeune femme aux yeux anthracite, de la table d'à-côté...

Il lui arrivait aussi de faire l'amour à des femmes faciles qui ne lui demandaient rien. Son amour, il aurait voulu le partager avec sa femme ; il ne lui restait que l'amertume. Il avait fait des efforts, mais devant ce caractère impossible et cette indifférence dont elle faisait étalage, tout un mur d'incompréhension s'était élevé. De cette vie de souffrance, il ne voulait plus.

Par cette belle fin d'après midi d'été, Diégo feignit de dormir dans sa chaise longue, jusqu'à ce qu'il entende très nettement la voiture de son épouse s'éloigner de la maison, pour une conférence suivie d'un buffet. Il se leva, alla dans la salle de bains, se brossa les dents, s'aspergea le visage et gagna sa chambre. Il se frotta les mains comme par enchantement, prit un post-it qui traînait sur le bureau et d'une main ferme entama la rédaction qui se résuma à trois lignes d'écriture dont il avait réfléchi les termes :

*Marlène,*

*Je ne serai plus là quand tu rentreras. Cela ne te surprendra peut-être pas, nos sentiments s'étant bien éteints avec le temps... Figure-toi que je viens de gagner deux millions d'euros au Loto, en jouant la date de notre*

*rencontre, ainsi que celle de notre mariage, voilà bien longtemps maintenant, comme à l'habitude au café du coin. Sache que cette somme très correcte m'ouvre enfin les portes d'une certaine liberté. Je vais enfin respirer, loin de tes reproches ; de tes remarques désobligeantes. Alors ne m'en veux pas, mais cette rentrée d'argent imprévue me donne enfin la force et la conviction de te quitter. Sache qu'il en faut peu parfois à l'homme pour s'émanciper. Salut et bonne route !*
*Signé : Diégo.*

Il ne se donna même pas la peine de fourrer ce post-it dans une enveloppe, et le posa directement sur la table du salon.

Il prit alors une douche, se rasa, se parfuma pour la première fois, mit son beau costume, se regarda avec sympathie dans la glace, et descendit rendre une petite visite à ses amis de tous les jours au troquet du coin, lorsque Paco lui annonça qu'une femme de la ville avait gagné une certaine somme en grattant des grilles de loto, et qu'ils étaient deux, cette fois-ci à se partager le gros lot…

# Rêves

Il écrit dans son journal :

… et tout cela pour ne jamais la revoir. Pour ne jamais la toucher. Et pour ne plus jamais se revoir. Mais qui sait ?

Peut-être un jour…

Pour qu'elle efface complètement mon image de sa mémoire.

Femme de tous les lieux ; de tous les jours. Une image ? Qu'elle ne sache même plus a quoi correspondaient les initiales de mon identité. Initiales gravées ; empreintes sur un diplôme, une carte d'identité, un passeport ou autres documents. Et tous ces messieurs-dames qui jactent sur l'incroyable chose des prénoms, choses sexuelles, racisme des goûts, sur les flemmardises des êtres, leurs mœurs, leurs idées, leurs goûts pour telles ou telles couleurs  à tour de séminaires, de rencontres journalistiques, de soirées, de buffets, d'alcool. Des suspects, des maladies aériennes, des feuilles et des légumes taris, tapis au sol. Fermons nos yeux. Retrouvons notre innocence. Qu'ils gardent un peu de temps pour lire d'autres livres sur la genèse de la bêtise ; de leur détresse.

Puis il referme son journal.

# Le voyageur-Penseur

Bien sûr ce n'est jamais sans appréhension qu'on apprend qu'il va falloir prendre un train un jour de la semaine et peut-être de longues années encore. Il n'est jamais agréable de choisir, mieux de ne point choisir ses fréquentations régulières qui ne sont pas forcément sans influence sur votre vie. On a beau être obligé d'accompagner quotidiennement le bruit et le mouvement, à la longue les huées de la machine et la gymnastique des voitures vous agacent, vous angoissent, vous crispent à force de vous bousculer ou de vous bousculer de plus en plus, de vous faire basculer des heures entières.

Me voici devenu un étranger- passager- fugueur du train. Fou de ces mécaniques électriques. Quel dommage que la vapeur toute puissante soit morte, étranglée par le progrès ! Une telle métamorphose sournoise n'a vraiment pas d'explication unique et échappe aux méthodes nécessairement routinières de l'investigation en ce domaine mouvant.

On en vient à vivre avec le train comme avec le tabac, l'alcool . Ca commence par les horaires fixes que l'on vous impose et qui vous poursuivent fixement, surtout les jours où vous avez, cette semaine-là, le loisir de ne pas le prendre ou l'emprunter.

C'est extraordinaire. Vient ensuite le billet du contrôleur qui alterne avec la voix microphonique et diversement gélatineuse des annonces de toutes sortes. Il dit : « Mesdames, Messieurs . Madame X est priée de se rendre au centre des retrouvailles, porte numéro, sortie P., pour attendre le disparu, le paumé, l'enfant-roi… » Alors tout se met en route . Les gens n'écoutent pas, pressés d'aller rejoindre les amas de tôles et de couleurs, prendre une place chaude ou l'ayant été par des culs bien épais. Mais que dire des couleurs diverses, du bleu, du rouge, du vert et même du noir de toutes ces voitures électrifiées par le progrès ?

Goûts mêlés de la transpiration du similicuir et de l'air climatisé qui ne gomment pas le suint des vitres !

S'installe enfin l'indéniable besoin de jouir du privilège de vérifier expérimentalement la situation exacte : « Des fronts, des occlusions, des traînes dépressionnaires et d'évaluer la marge d'erreur des visionnaires de la météorologie qui ont toujours quelques heures de retard sur le train… »

Choix de la couleur des nuages, choix de la pluie, choix du ciel.

Choisis, tous ces éléments pour nous !

Le voyage hebdomadaire ne se conçoit bientôt plus sans la mise au point d'une stratégie des espaces roulants qui vous occupe mine de rien. Tous pauvres de nous dans la rame !

On note très vite qu'un siège étroit et unique est nettement insuffisant, mais on pense que les autres, les passants du voyage, devraient s'en contenter. On se surprend à maudire ceux qui au mépris d'un échafaudage savamment bâti, travestissent les quelques mètres cubes de votre retraite tour à tour en parloirs, cours de récréation pour enfants puérils, halls de gare, forums, bancs public, ménageries pour enfants ratés, nursery, coins pique-nique, bistrots, cafés du commerce ou petits établissements pour mémères gâteuses ou encore pour ringards, cloches mondaines errantes en quête d'une pièce, grandes salles de conférence, palais des sports, salles de jeux divers, pour jeux de mains, de cartes…

Ici, le timide ronfleur, la femme-enfant suçant son pouce en guise de dessert sexuel comme passe-temps, carence affective, disent les psys… Là, le discret, ailleurs, l'anxieux collé à sa réservation et à son coin de fenêtre ou couloir des angoisses, l'arrogant, le fier, le solitaire, le convivial, l'humoriste volontaire ou involontaire, le décontracté déchaîné, le coincé pervers, le sans-gêne qui vous bouscule, le bavard aguicheur ( femme dans son œil de lynx !), le triste

160

à mourir dans ce train du voyage hebdomadaire, le grincheux, la vieille toute voûtée, colliers, pendentifs et breloques, ongles super peints de rouge et même de noir, l'œil encore un petit peu malicieux, yeux posés sur les jolis garçons encore asexués, le renfrogné, le paumé fumant du tabac qui sent bon et pestiféré pour autrui…

Voici le vieux couple soudé par le casse-croûte qui empeste le saucisson à l'ail, le camembert coulant, le litre de rouge, la bavette au cou, les miettes qui volent, les dents qui tombent, chicots de jadis.

Le roupillon des vieux, le futur bidasse qui bande déjà en songeant à sa fiancée qui l'attend impatiemment, toutes lèvres ouvertes…

L'intellectuel ou le cadre accroché à son journal préféré : Figaro-ci, Figaro-là, invariablement couplé avec Lui ou Jours de France, attaché-case dégueulant de papiers, écrits dociles pour son Grand Maître, Chef d'Entreprise, P.D.G., liste de clients à rencontrer ; maîtresses aussi… Pauvre de sa femme légitime !

Alors Mesdames, offrez-vous de temps en temps si ça ne serait que pour quelques minutes voire quelques heures, votre plombier, votre coiffeur, votre docteur à une condition qu'ils ne soient pas trop occupés… ou misogynes !

Le cruciverbiste concentré et impénitent, le touriste ou le cheminot cartomancien qui tape la belote dans sa cabine S.N.C.F…

La société du train a également ses conflits de classe. La démocratie du train a ses partis et ses tendances et ses associations. L'intoxiqué du train est toujours contraint de reconnaître que la ligne de partage, forcément floue, aimable aussi ou haïe, est assurément la FUMEE, selon les points de vue .Elle s'insinue par tous les interstices et envahit les couloirs, investit les compartiments classés à l'abri ou les couchettes surchauffées. On observe en effet, au fur et à mesure des semaines, que c'est la bouffée panachée qui choisit pour soi-même la compagnie et à plus forte raison la traversée solitaire. C'était jadis !

Le voyageur hebdomadaire a le privilège incommensurable d'être prémuni contre tout ennui. C'est à la faculté de jouer avec la solitude qu'on reconnaît infailliblement le propriétaire du voyage. Lui il loue son quartier de « noblesse » avec celui qui achèterait un viager. J'ai payé, dit-il. Son bagage est savamment dosé, pensé, étiqueté, numéroté aux rayons des instruments de chirurgie. Instruments bien aiguisés. Tout est en ordre. Bien Monsieur le Voyageur Normalisé !

Pour cette longue, très longue attente dans ces gares pleines de monde, le voyageur très ordinaire aura pris son billet et sera ravi.

Moi, je suis le voyageur-penseur. Un voyageur en quête. En cet instant, je suis là comme hier avec eux. Transporté par la vitesse. Pour une longue route qui me mène vers elle.


Octobre.

Il pleut. Le vent balaie les feuilles tombées des arbres. C'est beau. Soudain lui prend la rage d'écouter tout dans ce train.

Comme c'est extraordinaire de voir tout ce qu'il voit : cette nuit d'automne ; belle nuit.

Le train gronde. Il fait nuit. Les tours de roues mutilent toutes ses facultés. Il sent qu'il s'endort. Maudit sommeil !

Mais une femme assise est là, qui vit encore parmi ces voyageurs, compagnons inutiles. Elle lit. Seuls ses doigts ne sont pas immobiles. Ils tournent les feuillets. Sa main le long du bord cherche amoureusement l'enluminure d'or du petit livre ami, autant qu'elle ; fragile.

Son sommeil s'est enfui. Il cherche son regard. Il voudrait un instant bousculer les usages, lui demander : « Qu'est-ce ? » ; en savoir davantage. Mais il s'abstient. Il est comme un oiseau privé de ses ailes ; comme une bourgeoise mutilée de sa parure ; de ses bijoux.

Elle lui semble venir de nulle part. Etre là un oiseau surgissant d'un monde inconnu. Il la trouve très belle. Un visage de porcelaine. Un corps recouvert d'un vêtement simple. Et que personne ne l'admire, se dit-il.

Maintenant, la femme a déserté le lieu.

Durant des années, il s'imaginait des histoires sentimentales abouties bien que passagères, afin de rassurer son entourage ; l'empêcher de se poser des questions. Et quand malgré toutes ces précautions intellectuelles, une véritable attirance pour un être s'installait et qu'elle s'avérait partagée, c'était devenu l'enfer. Il disait à ses amis qu'il était entier dès le premier regard échangé, dans l'obsession du lit , de l'échec à nouveau, du dernier regard reçu, coup d'épingle sur son moi.

Esprit et corps meurtris.

Aujourd'hui à nouveau, il a encore beaucoup de choses à vous dire. Mais rassurez-vous, il se soigne consciencieusement. Malgré une question qu'il ne cesse de se poser : comment guérir seul d'une impossibilité de se donner à l'autre ?

Il y aura d'autres histoires, d'autres voyages, d'autres nouvelles, d'autres personnages, mais pour l'instant méditons sur ces textes.

Il a écrit dans son journal : « A suivre... »

# Les promeneurs

Lorsqu'il pleut beaucoup, les gens de la ville ne sortent pas. Ils préfèrent rester chez eux. C'est un peu la mentalité de la région et c'est aussi un peu la faute des gens. Plutôt, leur façon de voir les choses.

Ils préfèrent se recevoir en famille. Et puis il y a les enfants qui ne cessent de bouger, de crier aussi. Les enfants, disent les médias, sont de petits êtres très fragiles qu'il faut surtout privilégier. Ne pas les traumatiser avec des mots voire des gestes ; une fessée ou une claque. Pourtant, parmi les promeneurs, les vieillards sortent plus que les jeunes. Ils se bougent plus disent les journaux et les scientifiques ; ils adorent marcher. Marc les a souvent rencontrés lors de ses promenades dans les chemins de forêts, dans les sentiers des fermes ou sur les routes où les voitures sont rares. Ils portent des gabardines simples ou des paletots très chauds. Ils marchent lentement appréciant la marche sans se soucier du temps. De longues heures s'écoulent, toutes resplendissantes dans leurs têtes. Après le déjeuner, ils marchent. Ils se sont décidés à faire des efforts et pour eux ce ne sont pas des efforts, plutôt une partie de plaisir ; de la détente.

Ils aiment cette région puisqu'ils y sont nés. Parfois, un jeune homme court. Ou une jeune fille. Où vont-ils ? Pourquoi se donnent-ils tant de mal ? On ne le sait pas. Ils ne font peut-être que capter des images, les images que la nature leur offre ; capter des images sous la forme de paysages les uns après les autres.

Les jours de pleins rendements, la ville vit dans une espèce de vacarme continu. Ca deviendrait infernal, insupportable s'il n'y avait pas autour d'elle des collines, des forêts, des grands espaces.

C'était une petite ville, très petite ville au départ, et qui s'est agrandie au fur et à mesure que les gens de l'extérieur sont venus s'y installer pour y vivre et y travailler. Au jour d'aujourd'hui, la population demeure la même avec ses vieillards, ses jeunes, ses très jeunes enfants, et ses promeneurs.

# Partir

Extrait d'une lettre de Dominique B, retrouvée dans des archives, à l'attention d' Hector, dans l'été 1990

Il me fallait faire vite. Quitter rapidement la cellule familiale. Et ne plus regarder en arrière. Il me fallut faire très vite. Aujourd'hui je souris. Je fais mes premiers pas dans la vie. Dans ma vie. Dans ma future vie professionnelle avec ses exigences. D'abord répondre à des petites annonces. Ca marche ça marche pas. Quand un jour j'obtins une première réponse. Suivie d'un premier entretien. Il est évident que si j'avais été une élève studieuse, je ne me serais pas retrouvée aujourd'hui dans pareille situation. Mais hélas, les études ne me passionnaient guère. Ca donnait rien. Vraiment. Elève dissipée, têtue et agitée. Rien ne m'intéressait. J'avais pourtant le courage de me lever chaque matin pour essayer d'acquérir un peu de savoir, mais rien ne se produisait dans mon cerveau. Quant à mon destin ? Je serais désormais bonne à tout faire ou piqueuse de chiffons à la chaîne, les fesses clouées sur un siège, le dos courbé sur une Singer, ou encore prostituée de luxe. Mais pour cette dernière fonction, il me faudrait y réfléchir plus longuement.

C'était une entreprise de travaux publics qui recrutait des ouvriers ainsi que des apprentis. Consciente de ce futur métier, je ne me voyais pas du tout perchée sur un échafaudage branlant, avec dans chaque main, un seau rempli à ras bord de ciment, dix heures durant sous un soleil brûlant. Ensuite, il me faudrait enfiler un bleu de travail et me coiffer d'un casque jaune, puis naviguer à quinze mètres de hauteur parmi de forts beaux mâles au teint basané qui, sans vergogne, toussent, crachent et pètent à longueur de journée sous prétexte que ça libère les énergies et que c'est bon pour la santé et surtout le moral. De beaux gaillards ne se donnant pas la peine de descendre pour pisser, préférant glisser leur bite à travers les barreaux de l'échafaudage dans l'espoir de bénir la terre, et surtout la tête des passantes de leur substance brûlante, la cigarette fichée aux lèvres, fronçant le sourcil.

Pour me prouver que j'étais capable d'assumer ma nouvelle vie, je décidai de rencontrer les responsables de cette entreprise. Nous nous installâmes tous les trois, le patron accompagné du chef de chantier, dans une cabane qui servait provisoirement de bureau, voire de cantine. Ces deux êtres assis côte à côte, au physique presque identique, me mataient très sérieusement, s'interrogeant dans leur for intérieur, si, face à eux, il était tout d'abord question d'une fille ou d'un garçon. Je m'étais habillée de façon très classique. D'ailleurs il ne me serait pas venu à l'esprit de m'habiller autrement qu'avec un jean, un pull-over, et une paire de mocassins à talons plats. Ces deux messieurs, la cinquantaine environ, étaient très séduisants dans leur genre. Je les pensais presque jumeaux, dans la façon de s'exprimer et de se comporter, en dehors de leur physique identique. Ils m'offrirent un café en même temps qu'ils me firent des propositions. Dans un premier temps, c'était un contrat de travail alternant une formation théorique et pratique le tout contre un salaire dérisoire. Le temps d'une réflexion de quelques jours, nous nous fixâmes un prochain rendez-vous. Ce premier entretien s'acheva par une poignée de mains cordiale, accompagnée d'un sourire fort ambigu, et qui signa définitivement notre séparation.

Entre-temps je répondis à deux offres d'emploi, dont l'une émanait d'un garage. Cet établissement très connu sur la région recherchait une secrétaire à mi-temps, pour un salaire tout à fait convenable, à la seule différence des offres précédentes, l'employeur exigeait de réelles compétences, d'où une formation offerte à la personne recrutée. Mon choix se porta sans hésitation pour ce poste. Une femme très élégante, la quarantaine environ, me reçut dans son bureau. Après quelques paroles échangées, nous

167

passâmes aux choses sérieuses. Une autre employée vint nous servir du café, et mit à la disposition un cendrier. Soudainement effrayée par la banalité de mes propos qui coulaient dans ma bouche, je me mis à scruter son visage. L'épaisseur de son regard était celle d'une liqueur dorée qu'on aurait laissé dormir durant des siècles dans une cave. Dans mon for intérieur, je la trouvais plutôt jolie, mais avec un brun de légèreté. Je me sentais rivalisée, comme épiée. Ses grands yeux bleus brillaient à la lueur du néon de la salle, me faisant prendre conscience de ma laideur physique et de mon manque d'expérience. Je me rassurais en m'estimant plus intelligente, plus sensuelle d'esprit. Mais je ne pouvais m'empêcher de penser qu'elle représentait un absolu pour la pauvre fille que j'étais. Celle qui va quémander du boulot pour manger. J'étais tellement ignorante, tellement peu sûre de moi, j'avais tant besoin de quelqu'un pour me diriger, tellement besoin d'affection, qu'elle accepta de m'embaucher avec pour garantie, un mois à l'essai suivi d'une courte formation en gestion des entreprises. Elle me fixa pour la dernière fois à son tour, puis nous signâmes le contrat. Je gardai en moi, comme un étrange sang-froid, car je savais qu'un jour, j'aurais ma revanche.

*

Tout me revint en mémoire, pour ne pas dire en pleine gueule : ma future patronne qui se mordillait un ongle tout en m'interrogeant. Elle était tentée, mais par quoi exactement ? J'essayais d'effacer ce faux sourire sur ses lèvres, ce faux sourire triomphant ; piétiner son orgueil et, quand un jour elle serait à terre, je m'éloignerai d'elle sur un ultime pied de nez… Et puis tout ce qui pourra lui traverser l'esprit, ne m'atteindra jamais. Je remontai la rue, mon sac sous le bras. Bizarrement, je n'éprouvais aucune nervosité. Juste de la curiosité mêlée d'une pointe d'excitation. Il me tardait à présent de découvrir ma future vie professionnelle. Un début vers mon autonomie.

*

168

Je ralentis en approchant de la maison de mes parents, et scrute avec intérêt ce petit bloc de pierres blotti au fond de la cour. Une vigne vierge escalade la façade, effleurant la fenêtre de ma chambre. L'ensemble évoque tous les efforts que mon père a fournis des années durant, avec à la clé très peu d'argent. Je regagne alors peu à peu cette atmosphère que je qualifie de rassurante, et surtout pleine d'amour. J'ai subitement comme l'impression de renaître, de tourner définitivement une page de ma petite existence de jeune fille modeste, mais avec de l'ambition et des projets plein la tête. Mes yeux se mettent à briller, comme si quelque chose en moi est en train de se transformer ; une pensée voire un organe peut-être. Alors je connais un moment de panique. Et il devient plus grand au fur et à mesure que les heures passent, encore plus beau, encore plus juste, encore plus puissant. Il est vrai que ma tenue décontractée, jean et chemise blanche ouverte au col, ajoute à mon charme, le rendant encore plus réel. Personnellement, je peux travailler à peu près n'importe où, du moment que j'use de mon corps. Mais les sensibilités varient d'un individu à l'autre.

*

Je trouve ce soir mon inspiration dans cette minuscule pièce qu'est ma chambre, entourée de mes bouquins préférés, de mes disques, ainsi que de quelques babioles sans intérêt. Mes parents disent qu'il va me falloir beaucoup de courage pour affronter un patron, et que je sois sérieuse si je veux avoir plus tard une vie agréable. A leurs propos je ne réponds rien ainsi qu'à leurs doutes puisque je ne suis que de passage dans leur jolie maison, leur adressant un simple signe de la tête en guise de politesse. Je ne suis déjà plus leur bébé, et encore moins leur fille tant désirée, un jour de printemps, dans une banlieue paumée, quand au jour d'aujourd'hui, les jeunes de mon âge se cherchent pour certains, se perdent pour d'autres, dans ce qu'on appelle l'immensité de l'existence.

*

Il raccrocha, les sourcils froncés. Un vague sentiment de malaise sur lequel il ne parvenait pas à mettre un nom, se logea au fond de sa gorge. Le temps était splendide, et il flottait dans l'air comme un petit parfum empli de mystères. Une forme d'excitation qui atteignit véritablement son apogée lorsqu'un ouvrier du garage vint me chercher pour me faire visiter les ateliers. En fait, je n'avais pas du tout signé un contrat de travail pour un emploi de secrétaire, mais bien pour exécuter les mêmes tâches que les employés. Je ne suis pas difficile, tout me plaît, du moment que je mette en exercice mes muscles et mon cerveau. J'étais persuadée que je ferai une entrée triomphale parmi tous ces mâles qui, déjà me dévoraient de leur regard puissant, un filet de bave aux lèvres. Je m'imaginais quelques minutes, plongée dans un bain moussant, les yeux fermés, respirant les effluves délicatement sulfureux, s'échappant de mes chairs à vif. Ecartelée, prête à leur donner du plaisir. Il m'ordonna de griffonner mes coordonnées sur une feuille de papier. Sa merveille était là. Il en avait le cœur tout retourné. Encore quelques minutes d'entretien et de patience et il la verrait, sublime, racée, jusqu'au bout des ongles , telle qu'il se l'était imaginée durant la semaine qui séparait le premier entretien avec son épouse, quand, ce matin, je suis présente. Ce fut un grand moment pour moi. Les sourires des ouvriers restèrent en suspens tandis que sa femme vint me chercher pour me montrer mon vestiaire. Je sentis un petit spasme nerveux me tordre l'estomac, ce qui m'obligea à rester sereine. « Rassure-toi, me dis-je, rien de grave. Je suis sûre que tu seras en mesure de dominer toutes les situations qui se présenteront à toi. Alors, reste calme et tout se passera comme tu le souhaites. » Puis elle me conduisit dans son bureau où elle me reçut la première fois. Il la rejoignit comme le café finissait de passer. Il remplit les trois tasses et m'en tendit une. Elle se mordit la lèvre, les yeux rieurs. Je bus d'un trait le café. Le regard d'Hector me parcourut en zigzag, puis s'arrêta net sur mes seins et remonta jusqu'à mes yeux. Il me contempla avec une expression indéfinissable. Et ce fut dans cette atmosphère que je prêtai serment… Confrontée au quotidien, mon rêve prendrait encore plus de force. Je pris alors conscience qu'il fallait me mettre sérieusement au travail. Hector soupira en jetant la tasse dans l'évier. Il s'aperçut que ses mains tremblaient et prit une profonde inspiration…

Décidément, il n'était pas fait pour jouer les séducteurs en ce premier jour d'embauche. Nous quittâmes le bureau et nous nous dirigeâmes vers les ateliers où les ouvriers s'activaient depuis deux heures environ. Il les salua de la tête, et il regagna son bureau personnel. Une multitude de fichiers s'alignaient en rang d'oignons : projets, dossiers financiers, plannings du personnel, commandes de matériel, etc. Je m'assis face à lui, décontractée comme à l'habitude, juste le temps qu'il passe un coup de fil à un client. Puis il fit pivoter le fauteuil de cuir noir, tomba en arrêt devant mon visage. Soudain, son sourire s'élargit. Un sourire triomphant entrouvrit ses lèvres. « Toi, mon bonhomme, je te tiens, me dis-je. » J'étais déjà sans le savoir, une affamée. Il n'y aurait pas de contretemps, tranchai-je, catégorique. Il me suffirait alors de respecter les consignes du chef, et tout se passerait pour le mieux. Mais enfin pour être franche avec moi-même, Hector se sentait dépassé par ce qui lui arrivait…

*

Hector était un homme d'une quarantaine d'années, avec des yeux bleus et des cheveux grisonnants coupés à la brosse. Il ne manquait pas de charme.

- Suivez-moi, fit-il, je vais vous donner les vêtements de travail. Et si vous avez un problème personnel, n'hésitez surtout pas à m'en parler.

J'acquiesçai d'un léger sourire.

-Très bien, dis-je.

Il fit semblant de friser sa moustache, puis s'immobilisa dans une attitude pleine de raideur.

- Là, j'y suis.

Son regard cherchait amplement le mien. Il se frotta le menton d'un air pensif. Je le fixai dans les yeux et ne le lâchai plus, tandis qu'il me donnait quelques consignes en ce qui concernait l'attitude à observer vis-à-vis de la clientèle. Chacun de ses conseils faisait mouche. Plus il parlait, et plus je sentais son discours s'affiner, ses arguments gagner en clarté et en force.

- Un dernier détail, fit-il, le responsable du garage vous appellera par votre prénom, et j'espère que vous n'y verrez aucune objection. C'est son habitude, vous saurez l'apprécier au fil du temps. Paul est un excellent ouvrier. Mais je tenais à vous signifier que l'essentiel du travail réside dans la minutie, bien que vous aurez les mains dans le cambouis, sachez que notre clientèle paie pour un travail bien fait et je souhaite qu'il soit exécuté du mieux possible afin que la maison garde toute sa bonne réputation. Je vous promets d'être indulgent parce que vous êtes une jolie jeune fille, poursuit-il, avec un sourire amusé… Je ne voudrais en aucun cas utiliser une règle en fer pour vous taper sur les doigts.

J'éclatai de rire, avala ma salive pour me donner du courage, puis me dirigeai vers mon poste de travail.

- Une seconde, je reviens tout de suite, fit Paul en levant la main. Attendez-moi là.

*

Je me souviens d'être allée pour la première fois de ma vie à Paris, et c'est dans le métro qu'un homme me dévisagea, se demandant s'il avait face à lui, un garçon ou une fille, voire les deux sexes à la fois. Dans le même temps, il ne s'était pas gêné pour me draguer, collant son genou droit à mon genou gauche, et cela discrètement, tout en me matant élégamment dans la vitre, et notamment lorsque nous passions dans les tunnels. Je baissais la tête, et de temps à autre, nous échangions un sourire presque complice, ce qui me propulsait toujours à la limite d'un violent orgasme.

Mais sachez que tous les soirs, après ma journée de travail accomplie avec beaucoup de sérénité, je me retirais dans ma chambre et lisais tout ce qui me tombait dans les mains, à en devenir boulimique. La boulimie, cette pathologie dont on a tendance à l'attribuer aux jeunes filles, si celle-ci m'avait touchée, eh bien, elle ne m'aurait nullement perturbée. Tout en sachant qu'il y a aussi des garçons atteints de boulimie, voire d'anorexie. Et puis montrer une image de soi parfaite et virile, il ne me restait plus qu'à me masquer pour ne pas paraître aux yeux du monde, un garçon ou une fille pour laquelle ou lequel on prendrait volontiers ses distances. Je posais déjà un regard négatif sur la société. Je perdrais alors mes cheveux. Mes dents tomberaient. Il me faudrait un appareil dentaire. Mes seins prendraient du volume à la manière de ceux d'une femme sur le retour d'âge. Et mes poils seraient raides et secs , dépourvus de brillance. Et mon ventre tomberait sur mes genoux. Doux Jésus, comme tu l'as voulu à ma conception, tu seras responsable de ma vie.

Bien sûr, en ne pratiquant aucun sport, à la limite de la culture physique simple et bonne pour la santé, mon corps se faisait, peu à peu, s'harmonisait, prenant la forme de celui d'un homme, dont toutes les femmes en seraient amoureuses, voire excitées , avec cette odeur de mâle, imprégnant mes vêtements. Je l'observai dans le miroir, chaque matin, lorsque les premiers poils d'une barbe pubère virent le jour. Je me coupais le visage avec mon rasoir, car cette peau était bien trop fragile pour déjà la martyriser, avec l'agressivité de la lame . Une giclée d'eau de Cologne fermait la toilette, d'un feu insupportable.

\*

Lorsque l'ouvrier Paul me prit la main pour me présenter à ses collègues, je sentis monter en moi une vague de chaleur comme en plein été. Mon corps était l'été de ces messieurs… Mon cœur palpitait. C'était une forte émotion pour moi, une toute première fois que j'avais à me confronter à des physiques uniquement masculins qui, en fin de compte, ressemblaient à quelques détails près au mien. Je ne savais plus tout à coup qui était qui, entre eux et moi… Ils étaient au nombre de dix à représenter l'entreprise et bien sûr, à la faire tourner dans un langage populaire.

Il fallut donc que je me tienne à carreau si je souhaitais garder mon emploi. Parfois je manquais de tact, pour ne pas dire de diplomatie envers eux, et surtout envers la patronne, mais jamais envers son époux qui lui, ne manquait jamais de me dévisager le matin lorsque j'arrivais ou encore lorsque nous nous réunissions lors de mises au point. Ma devise était de toujours faire très attention à mon comportement qui aurait pu laisser croire que l'individu que je représentais au sein du groupe aurait pu être porteur d'une tare. Cette fois encore, Hector avait le sentiment d'avoir été dupé. Mais non ! lui avais-je affirmé un jour, les yeux dans les yeux, dans son bureau. Comme une inquiétude qui l'aurait submergé tout à coup ? Une inquiétude métaphysique qui l'avait accablé lors du départ brutal d'un ouvrier qu'il affectionnait terriblement comme si cet homme avait été encore plus proche de lui ; un frère ? un amant ? Cet ouvrier partait à la retraite, contrairement à ce qu'il lui avait promis quelques mois auparavant. « Je resterai travailler chez toi bien au-delà de l'âge requis ! » Cette angoisse redoubla d'intensité dès l'instant où il avait remis les pieds dans l'espace où Lucien avait l'habitude de vidanger les voitures. Comme si cet endroit avait été béni des Dieux. Ecoeuré une fois de plus, Hector se retira complètement de la scène et se mit à fréquenter petit à petit les cafés de l'arrondissement, des bars minables qui constituaient ses ports d'attache. Si j'avais été plus intelligente, si j'avais été plus courageuse à l'école, me dis-je en mon for intérieur, j'aurais eu les connaissances nécessaires théoriques et surtout pratiques pour mettre en place une stratégie afin de tapisser son cerveau de

174

stimulateurs microscopiques qui seraient entrés en contact avec chacune des terminaisons nerveuses de sa peau et de ses muqueuses, le tout relié à mes désirs de le piloter…

Parce que tout s'était déroulé à merveille jusqu'à présent et aucune panne n'était venue dissoudre mon rêve, voilà qu'aujourd'hui Hector me joue un tour de con. Il avait perdu toutes notions de temps ; toutes notions que le plaisir peut offrir à un être humain, à savoir : bonnes bouffes et bons vins, bonnes baises et séances de thalassothérapie, ainsi que toutes sortes de choses impossibles à obtenir dans la vraie réalité terrestre. Ces pannes poursuivaient Hector et ce fut lors de ma réussite à mon diplôme professionnel que j'obtins avec la mention très bien, qu'il s'écroula à mes pieds. J'aurais aimé que ce moment soit un moment intime entre nous, qu'il m'étreigne à la manière d'un père, voire d'un ami puissant, qu'il me caresse les cheveux, qu'il me les embrasse, que ses lèvres frôlent les miennes et que je boive à sa bouche comme à une fontaine, qu'il éprouve les mêmes sensations que s'il avait étreint un être humain androgyne, et pour finir, que je sorte de cet atelier de croissance personnelle nous ayant enrichi à tout point de vue…

Mais où était le problème ? On peut très bien gagner sa vie dans la mécanique, comme on peut mener une existence faite de passions diverses et variées sans pour autant vouloir courir après l'argent.

Hector avait-il été assailli par l'un de ces scrupules idiots qui vous font croire que les choses pratiquées contre nature vous enverront tout droit en enfer. Avait-il vraiment vécu ces vingt-cinq années de délices ininterrompues ? Lui était-il déjà arrivé de tomber amoureux ou d'être déstabilisé par une personne de même sexe ? Ces quelques dizaines de femmes qu'il avait connues, avaient-elles un tant soit peu, marqué sa vie ? Quant à sa propre femme, lui donnait-elle tout l'amour dont il avait toujours attendu d'elle ? Se pouvait-il qu'il fût réellement tombé amoureux de celle-ci, pour faire comme tout le monde, cette rousse flamboyante et chaleureuse, qui n'était pourtant, comme toutes les précédentes, qu'un mélange de stimuli neuroniques, dispensés par un corps et un cerveau stupides qui ne connaissaient rien de plus de sentiments que ce qu'en connaissaient le tas d'os et de conneries qui le composaient ? Existait-il alors une différence qualitative entre faire l'amour et avoir l'impression de le faire ? Et lorsqu'il s'accouplait pour de vrai avec cette rousse enflammée, qu'est-ce qui lui prouvait qu'il n'était pas en train d'être dupé par les faux semblants d'une réalité virtuelle d'un degré supérieur ? N'était-il qu'un figurant érotico-virtuel dans une sorte de scène cosmique destiné à meubler les loisirs ou les week-ends qui ne s'achèvent jamais ?

Comment ne pas être pris d'un doute ? Ce doute, ne pouvait-il pas, lui aussi, avoir été suggéré à sa conscience par la même voie bioélectronique ? Dans ces conditions, qu'advenait-il du libre arbitre dont les humains croyaient jouir ? Cette conviction de liberté n'était-elle que le résultat d'une réaction physico-chimique télécommandée ? L'idée de s'interroger à ce sujet était-elle de nature analogue ? Mais qui était alors à la tête de cette entreprise familiale vouée aux bons soins des voitures ? Et quel ignominieux dessein poursuivait ce monstre ? Ce monstre empli d'amour ! Je suis désolé... de le dire ainsi, incroya-blement beau, comme dans les magazines de mode. Mon Hector ! Mon cher Hector ! Mon cher Maître de stage ! Après chaque séjour prolongé dans la réalité, ces questions gigognes se bousculaient dans sa tête et lui causaient les pires angoisses existentielles. Pourtant ce phénomène était bien connu des Grecs et des Romains... pour ne citer qu'eux. Alors pourquoi n'étaient-ils pas connus de lui ? Lui qui plongeait le nez dans les bouquins d'histoire, voire dans d'autres revues... peut-être interdites à ses yeux... Lui qui dévorait en plus de son travail et de ses responsabilités, une dizaine de bouquins par mois. Le but du traitement que j'avais réussi à lui infliger était de faire taire ses inquiétudes. Je me plaçai en situation d'écoute avec ma maigre expérience, et invita mon patron à s'épancher. Je lui disais que d'une fois à l'autre, le malaise empirerait. Il fut

176

assailli par un sentiment de dépersonnalisation (j'avais lu quelque chose là-dessus, un jour, dans une revue), et lui causa les plus vifs tourments. Tout à fait normal ! lui dis-je. Je jouais le Professeur. C'est la conviction contraire qui pourrait être novice, affirmais-je. Je jouais cette fois-ci, le Grand Professeur. Vous n'avez qu'à vous dire que vous êtes abandonné à cette réalité, comme d'autres jadis, l'ont été par la femme qu'ils avaient cru aimer. Mais rassurez-vous, de tout temps on a douté du réel des choses et surtout du réel de l'amour sans que cela empêche quiconque de jouir de la vie. Nul besoin de procéder à des enquêtes approfondies pour découvrir que l'être humain peut en usant d'une certaine dose d'abnégation, s'accommoder de problèmes d'identité. Après tout, il n'est pas si difficile de vivre en doutant de la réalité de son propre moi, puisque au fond de lui-même, chacun sait pertinemment qu'il n'est rien de plus qu'une colique bénigne qui traverse fugitivement les tripes de l'univers ou encore qu'un frisson fugace qui froisse à peine la peau du Néant, là, où cette constatation devient plus déprimante, et c'est précisément votre cas, mon cher Hector, c'est lorsque l'incertitude du « je » à propos de sa conviction d'exister réellement alors engendrée par une rupture des rapports avec le « il », voire le « elle ». Car à l'évidence, l'identité ne trouve de signification qu'en présence de l'altérité, l'une se découpant sur l'autre à la manière d'une ombre chinoise, et réciproquement. Mais pour que cette relation bilatérale s'amorce et persiste, il est nécessaire qu'identité et altérité trempent les sondes de leurs sens dans la même source de sensations, qu'elles assistent à la vie à travers la même fenêtre, dirais-je.

Vous êtes très perturbé psychologiquement, mon cher Hector ! Ces perturbations psychologiques, sont à mon avis, consécutives à cette prise de conscience qui engendre chez vous une sorte d'écho, de transformation de votre corps et de votre esprit et qui pratique des lézardes dans votre conviction d'exister…

Hector se laissa bercer par ma mélodie sans chercher à comprendre réellement le sens des paroles. Si la croyance populaire, l'ouverture des esprits disaient vrai à propos de deux personnes de même sexe s'aimant (ou au contraire de l'hermétisme des esprits...), la thérapie que j'essayais de lui appliquer se serait montrée extrêmement efficace. Je sentais bien que j'avais fait de l'effet à Hector. Pour tout vous dire, beaucoup plus d'effet que je n'en fis lorsque j'étais *apprenti*. Il comprit enfin ma démarche et se prit alors au jeu avec beaucoup de plaisir.

Sans doute Hector avait grandi dans sa tête, malgré son âge. J'étais à cette époque-là déjà *obsédé* par l'âge des êtres humains. Et à cette époque-là il aurait pu être mon père, voire quelqu'un d'autre...

J'aurais peut-être mieux fait de m'abstenir ?

Enfin pourquoi lui ai-je déballé un peu de ce que j'avais retenu sur la psychologie des hommes, un peu de ce que j'avais étudié dans des livres achetés au hasard de mes brocantes ?

Aujourd'hui encore, après plus de vingt années passées loin de cette expérience, je me pose la question : de quel droit pouvons-nous investir la psyché d'une personne qui vous est totalement étrangère et qui plus est, lorsque cette personne n'est pas du tout prête à entendre certaines choses? Ne m'étais-je pas trop avancé quant aux propos que je lui avais tenus durant des semaines ? Certes, j'aurais dû y réfléchir plutôt. Avoir investi tout son esprit d'un seul coup. C'en était trop. A mon avis, je n'avais pas assez de recul, pas assez d'expérience, de vécu, enfin bref, de tout ce que vous voudrez pour analyser cet entretien et en tirer des conclusions positives, et tout cela pour le voir se transformer, l'amener dans mes turbulences, dans mes désirs, être au même niveau de pensées...

Mais qu'est-ce qui m'anima en ces quelques années où ma jeunesse semblait me fuir trop vite, pour déconnecter un adulte de sa vie réelle, et ce, avec mon peu de savoir volé dans des pages écrites par des savants ?

A vous lecteurs anonymes, d'écrire la suite de mon histoire.

Ou la méditer…

Mais sachez que je porte toujours avec une certaine élégance le pantalon.

Et qu'il m'arrive aussi de me mettre en jupe, façon de…

Merci de votre attention.

# Un moment échappé

## (Ou la vie suspendue)

*Entre nous pas d'histoire de mots.*

*Tu es l'infirme des maux...*

*Notre langage est peut-être bizarre et nous ressentons parfois l'étrange sensation de nous comprendre.*

*Je regarde les nuages passer dans le ciel.*

*Demain sera un autre jour, avec d'autres joies, voire d'autres peines.*

*Demain je chantonnerai que tout va bien, que tu es ailleurs, que je suis ailleurs.*

*Tout va bien.*

*Il faut conserver précieusement la mémoire de ces instants.*

\*

*Un jour d'éclaboussures.*

*Par l'odeur des draps. Et son visage comme un souffle d'air. Une main sur son front. Qui se pose.*

*Comme ça.*

*Quand soudain, des lèvres puissantes et parfumées posées sur les miennes dans le silence, c'est déjà le tourment.*

\*

*Si je pouvais seulement soulever mes paupières pour juste l'observer.*

*Un bruit près de ma tempe.*

*La machine se rebelle.*

*Là.*

*...*

180

*Je n'ai jamais… et comment faire ?*
*Questionner son passé ? Aller fouiller ? Détruire*
*ou l'aimer ?*
*Voilà.*
*Je n'ai jamais.*
*Qui le saura un jour.*

*

*Personne ne se rend compte vraiment de mes efforts pour l'aimer.*
*La chaleur insupportable des mois d'été ; l'air étouffant.*
*Offre-moi encore un peu d'ombre.*

*

*Un oiseau chante parfois dans un arbre.*
*La rumeur des voitures n'est plus qu'un écho lointain.*
*Je ferme les yeux.*
*Et si nous prenions congé de nous.*
*Surtout ne pas s'autoriser la moindre défaillance.*

*

*La fiole qui ne cesse de danser entre les doigts experts de la dame toute vêtue de blanc.*
*La peau flétrie des corps en attente d'une éternité.*
*Tels des fantômes.*
*Une aiguille enfoncée dans la veine.*
*Une goutte de sang dans le cou tombée du ciel.*
*…*
*Et tout le corps se fondant dans lui-même.*
*Dieu a donné la bénédiction aux kilos superflus d'aller jouer ailleurs.*
*L'heure de la récréation approche.*
*…*

*Tousser.*
*Cracher.*
*Ne plus pouvoir respirer.*
*Attendre.*
*Mourir peut-être ?*
*Le drap sur mes narines ; une masse de plomb dans mon esprit.*

\*

*Ecouter le temps qui passe, en buvant, en fumant, une grille de mots croisés sur les genoux.*
*Ou s'inventer une passion dévorante.*
*La raconter au monde entier.*
*Bien que...*
*Mais voilà.*
*Rien d'autre à faire pour le moment.*
*Ecouter le temps qui passe.*
*Tout simplement.*
*Quand plus aucun bruit sur la Terre.*
*Une main légère qui se pose maintenant sur la mienne.*
*Quelques murmures.*
*Pourtant, j'ai tellement chaud.*
*Le soleil, l'herbe jaunie, les guêpes, etc.*

\*

*Je voudrais bouger les lèvres.*
*Ouvrir les yeux.*
*Vous savez que j'ai envie de crier ?*
*Parfois.*
*Et j'ai sommeil. Sommeil.*
*Neuf heures du soir. Il fait orage. C'est complètement fou ce qu'il m'arrive.*
*J'ai faim.*
*Quant à toi mon amour...*

182

*Qui es-tu vraiment ?*
*Marque-moi la surprise.*
*Quelle est la différence entre l'amour et la mort ?*

*

*Comme une espèce de panique qui monte du tréfonds de mes entrailles.*
*Soudain ma tête éclate.*
*La douleur à l'intérieur de ma tête est si intense. Dans mon cerveau. Dans mon cœur. Dans mon ventre.*
*Si intense est ma douleur. Mais comment l'apaiser ?*
*Mes dents se mettent à grincer quand mes lèvres se mettent à trembler.*
*Je vais peut-être mourir.*
*Maintenant.*

*

*On se trouve parfois mêler à une histoire dont on ne connaît pas exactement les enjeux réels.*
*Je sens déjà s'évaporer le plaisir nouveau dormant dans mes chairs.*
*Dans mes draps humides. On s'y perd.*
*Quand les cœurs se heurtent.*
*...Et ainsi à venir des années d'engloutissement, bienheureux sont les amants aimés du peuple et méprisés sont les amants heureux.*
*Une spirale d'années se réduisant à la pointe menue d'un instant au fur et à mesure que passant à inspirer sans délai l'air chaud, juste expiré avec seulement un peu plus... l'odeur des peaux.*
*Parfum de fauves.*

*

*Hier.*

*Le soleil escaladait par paliers les petits canaux, puis les boulevards, les places, les églises, les rues, nous étions un peu dans l'oubli.*

*Pari gagné.*

*Quand un rai de lumière dessina son corps dans ce jardin public ; on s'était reconnus.*

*Une chevelure brune.*

*Une main élégante et douce.*

*Comme une envie irrésistible de se caresser.*

*Deux lueurs immobiles.*

*Plantées là.*

*De ce visage expressif, se dégage le désir.*

*Déjà.*

\*

*Cheveux noirs coupés à la manière d'un acteur de cinéma.*

*En noir et blanc.*

*Teint mat, yeux sombres qui sécrètent les choses qui dorment au fond de nous.*

*Etc.*

*Cette peau est un parfum typé. Ferme les yeux. Cette haleine mentholée. Ce visage qui contemple le mien, quand une langue entrouvre mes lèvres.*

*Je ferai vœu de l'écorcher.*

*Quand mes mains suffiront.*

\*

*Dans l'odeur des draps.*

*S'activer davantage.*

*Jusqu'à ce qu'un jet de désir perle enfin sur notre peau.*

*Figés.*

*La passion fait terriblement souffrir.*

*Pourquoi ?*

\*

De l'odeur dans les draps.
De la chambre.
Dans l'obscurité.
La salive jaillira, immense flot incontrôlable. Les lèvres seront fragiles, frileuses et tièdes.
La bave coulera en filet de nos commissures.
Le goût du sang sera amer.
De la passion uniquement.
Sans commentaires.

*

Maintenant, plus aucun chuchotement.
Ce doigt qui tremble.
Cette odeur d'enfance.
On se souvient de cette odeur d'enfance et de lait.
Et sa main le long de ma joue.
Et sa cuisse le long de la mienne.
Et son sexe tendu, je le sens là, cogner dans ma poitrine, juste à l'endroit où ça fait mal de se quitter, même pour une fraction de seconde ?

*

Il y a à coup sûr une part de provocation dans notre attitude.
La tête nous tourne quand on pense trop.
On arriverait à perdre son sourire désarmant.
La nuit tombe.
Il nous suffira d'une parole humaine, folie de l'amour, bruit des peurs, beauté des corps, le silence d'une main sur notre peau, sur nos lèvres, sur nos sexes, partout.
La sienne.

*

*Décoller les mots d'une phrase.*

*Ou les détacher pour les emporter, puis les assembler, ailleurs.*

*Sur d'autres vies, là-bas.*

*Je regarde encore l'heure qu'elle est et je fais semblant de ne pas être en retard.*

*Je compote mon foutu espoir.*

*Je lui trouve un nom : L'Eternité.*

*Un ange c'est rassurant et ça protège. Comme un ange. Avec un sourire égaré au bord des lèvres ; un visage et des expressions.*

*Etonnant et large lambeau de chair humaine.*

*Etonnant et large boyau de lumières et de bruits.*

*Poitrine haletante, contour des mamelons dressés comme des canons.*

*Doigts qui fouillent mon petit nombril qui devient humide.*

*Fantômes de chair.*

*Qui semblent nous hanter.*

*

*L'exil.*

*Dans sa tête, des morts par centaines, chaque jour, et même parmi ses amis.*

*Quand ça se réveille, il faut tout de suite penser à la mer, au soleil sur les toiles peintes, ou contempler ses créations pour ne pas s'inquiéter.*

*Fébrile ? Jamais !*

*Dans la profondeur des blessures.*

*Eviter de les élargir jusqu'à ce que les bords se confondent aux limites du désastre.*

*C'est tout.*

*

*Ce ventre qu'on fouille. Peau tendue ou souple. Fragile. Qu'on aime à lécher, creusé par des muscles. Puis chercher le visage. Se frayer un passage entre les pommettes, le*

186

menton, le front, engouffrer ce morceau de chair pour l'entortiller, nerveux et gourmand ; râpe inlassablement.

Aux rythmes syncopés, ensorcelants, les mêmes qui l'assaillaient des années auparavant quand la terre se déroba sous ses pieds.

*

Toujours ce même imperceptible malaise. Puisqu'on se veut : alors on se croit. Puisqu'on est fous : on s'attache à nous.

A commencer par toucher le bras, léger frisson. Ne pas bouger ; couper son souffle. Net.

Sensualité du mouvement : sensualité du toucher.

Se laisser approcher : délicatement.

Comme un musicien : à son instrument.

Le cœur qui bat.

Très vite.

Un coup de pioche dans le ventre.

Ou basculer dans l'amnésie totale.

Des journées entières jadis, sans oser un regard vers le ciel, de peur que…

Quand le gros nuage noir arrivera…

C'est peut-être à cause de notre détachement parfois complice, que l'âge ne prend plus sur nos corps.

Se laisser caresser. Partout. Sans pudeur. On l'oublie dans ces moments-là.

L'imperturbable méticulosité qu'ont les mains qui ne doutent jamais du monde.

Une mission à accomplir avec force et sérieux.

Sur une peau douce semblable à celle d'un nouveau-né.

Qu'importe.

Je sens mon regard pris dans un lasso.

J'ai rêvé de corps embusqués…

Dehors, le soleil brille.

*

*Deux êtres qui se ressemblent.*

*Encore un peu de souvenirs en commun.*

*Encore des sensations.*

*Allez !*

*Quand palper la chaleur des expériences.*

*Quand les mots n'ont plus d'importance.*

*Aujourd'hui, les feuilles des bosquets de la ville bleuissent près des fenêtres.*

*Une espèce de somnolence pèse sur les choses. Et les passants ralentissent ; alourdis.*

*Quand ma joie monte, la chaleur de l'été blesse mon front, pénètre tout mon sang.*

*Dehors le soleil sent bon, on le dirait nouveau-monde. Sans heurt.*

*Le temps actuel se fond complètement dans un autre présent, plus clair, plus beau, inlassablement. Le jour brille pour de bon.*

*J'ai les jambes raidies, comme si j'avais marché dans des tas de neige. Ou dans des blocs de glace.*

*L'amour ça fait dissiper l'angoisse ou ça rend complètement fou.*

*Je m'invente des orages quelque part, là-bas, sur des mers lointaines, dans les nuits inachevées, partout.*

*J'ai donné rendez-vous à notre bonheur.*

*Je m'imagine des cris glissant sur mon corps.*

*Ce sont les siens.*

*Peut-être.*

*C'était aussi au temps confus ou clairvoyant de l'enfance.*

*Et du sien.*

*L'âge ou le passé et le futur se confondent au présent.*

*Ou à jamais.*

*Je lui dis qu'il vienne mon amour, maintenant, allons trouver notre ciel. Une journée seulement, une journée et nous rentrerons au Palais...*

*En fait, je ne sais plus rien. Ma mémoire me fait cruellement défaut. Alors je ne cesse de penser. D'imaginer d'autres choses. Je ne cesse d'inventer des mots pour dire ce mal intérieur qui l'habite.*

*Des mots qui se voudraient être puissants pour nous révolter contre ça. Le « ça » qu'on appelle : Le mal.*

*Alors une passion qui ne se dit pas est une déchirure interne qui vit et ne veut point mourir. Car nous ne sommes jamais ce qu'on imagine de nous. Nous sommes une image extraordinaire, représentative de nous aux yeux d'autrui. C'est tout.*

*La chaleur devient insupportable. Quand j'ai pu à nouveau ouvrir les yeux, la chaleur achevait de se dissiper. J'ai soulevé mes paupières aussi lourdes que des blocs d'acier. Et le soleil avait disparu.*

*Qu'il fasse soleil dans une salle obscure ou ailleurs. Sur les rives d'un fleuve, ou au bord d'une piscine, marcher tranquillement dans les rues en faisant le mort dans un bain de vapeur où les hommes se démasquent puis se dénudent et se cherchent sans jamais se trouver, aux visages crevés par les désirs de la chair...*

\*

*Je veux m'abandonner à l'entière jouissance.*
*Un mode de vie provisoire.*
*Ou faire le bilan.*

\*

*Et que nos corps et nos cœurs se plaignent...*
*Et qu'ils se tordent jusqu'à la mort incertaine.*
*Quand le visage suivant sera celui d'un autre.*
*Je n'en ai pas la moindre idée.*
*Alors douter toujours ?*

\*

189

*Le ciel de l'été, jaune, comme une image sans toi.*

*A quand la confrontation finale ?*

*De grands moments en perspective.*

*Lorsqu'on glissera hors de nous, on jouera langoureusement, et tu me mèneras sur les sentiers de douces sucreries, la nature de ton être se révèlera généreuse, emportés par le courant.*

*Il suffira alors d'un signe de la main, pour faire naître le désir ou le trouble.*

*Un baiser. Juste un. Pour oublier. Comme un cadeau sans retenue. Discrètement.*

*Il est juste une image qu'on voudrait traverser comme le temps.*

*Je t'avais déjà dit, si ma mémoire est bonne, que je ne suis pas la bête suppliciée.*

*Obscénités absentes.*

*Tu m'avais dit que c'était arrivé brutalement.*

*Une fois dans ton existence.*

*Dans un jardin, ou dans une ville.*

*Parfois la mémoire tremble.*

*Peu importe.*

*Bouches esquissant un sourire inaccessible.*

*Visages bouleversés qui se penchent.*

*Regards d'acier, fixes et impudents.*

*Jusqu'au vertige.*

*Tu m'avais dit une fois, que crier c'est vivre.*

*A qui appartient notre douleur ?*

*Tu m'avais dit une fois, que s'exploser d'émotions, ça faisait ?*

*Ou alors, effleurer l'écume des choses, quand le temps s'écoule.*

*

*Comparer nos forces à nos faiblesses.*

*C'est vrai. C'est vrai que l'amour est un géant du vide.*

*Je retiens ma fougue.*

*L'amour est un géant du vide.*

190

*Je suis vierge !*

*Et tu souris dans le vide.*

*Mais il fallait déjà se préparer à recevoir l'amour.*

*Et l'amour qui fait parfois pleurer à chaudes larmes, l'amour qui fait hurler jusqu'à la jouissance extrême ,tout l'esprit complètement bu.*

*Est-ce bien moi que tu aimes ?*

*Nous sommes fous de mémoire.*

*Quand l'envie de flairer la chair me taquinera.*

*L'amour pour l'amour.*

*Aimer .*

*La fascination parfois nous effraie, en ces moments perplexes.*

\*

*Il me suffira probablement de tendre le cou. Ouvrir les yeux. Dans l'obscurité de la chambre. Sa bouche tout contre ma joue. Ses lèvres avides tout contre les miennes.*

*Le dépit m'aveuglera peut-être ?*

*Chercher à prolonger cet instant de délivrance ?*

*Puis nos mains s'agiteront, combattives...*

*Puis, la grâce de ce corps...*

*Enfin, un combat de plus pour démontrer que l'amour est une chose universelle .*

*Et surtout ne pas fermer les yeux.*

*Devant les indifférences...*

*C'est juste pour que tu sois bien .*

*Je t'imagine encore les yeux fermés.*

*Quand ce putain de jour poindra.*

*Et quand l'amour est fait, déjà, on ferme les yeux, car ici, c'est presque une nécessité.*

*Alors il ne me reste plus qu'à réinventer une autre vie, un autre rendez-vous dans un autre lieu.*

\*

*Par l'intérieur de ses yeux : tout son désir pour moi.*

*Je lui ai dit que dans l'envie de mourir, la sincérité est évidente comme la lassitude.*

*Une expression de soulagement passe sur son visage.*

*Ma présence.*

*Mais au fait : se peut-il que l'amour perdure ? ou se doit-il de mourir ?*

*Un seul rappel suffirait pour ne plus s'endormir.*

*Ranimer le feu, comme un miracle qui s'était blotti dans mon ventre.*

*Quand le sentiment devient élémentaire.*

*Et dans la passion ?*

*Et quand le sentiment dit la même chose que les choses ?*

*Je lui ai rappelé, qu'une fois sur les murs d'une ville, j'avais lu ceci : « La tête, le corps, le cœur, éclatés contre les barreaux de l'intolérance. »*

*C'est quand on devient incompris, qu'on a un peu vu juste les choses.*

*Rien d'autre à signaler.*

*La vie comme la mort sont uniformes.*

*La souffrance peut être une forme de beauté.*

*On souffre de ne plus pouvoir dire parfois.*

*Quand dire serait pudique.*

*Un luxe ?*

*Conclusion : le parfum dégagé de l'amour sur soi. Encore un peu de feu dans nos bouches. La seconde fois, nous mourrons.*

*En toute quiétude.*

\*

*Aveu : Je déteste le silence brusque que la séparation comme la maladie provoque.*

*Tu es en train de me jouer la surprise. A quand toutes tes chairs mutilées ?*

*Le chagrin peut tuer, tu sais !*

192

*Les grandes passions sont-elles muettes ?*

*Tes bras croisés derrière la tête. Dans l'immobilité. Tes yeux balaient mon front.*

*C'est effrayant comme la sérénité peut rendre un être presque parfait.*

*Et maintenant, les yeux clos.*

*Nous jouissons.*

\*

*Je sens ta peau tiède.*

*Ta poitrine.*

*Tes mains.*

*Ton genou contre mon sexe.*

*Imaginer sans cesse la vie.*

*Je lui ai dit : C'est beau un homme quand ça pleure pour une idée qu'une larme emmène…*

*Toute accolade sensuelle provoque des érections mentales. Désormais, l'ordre des choses ne changera jamais.*

\*

*J'ouvre la porte de la chambre.*

*La referme, vite, sans allumer.*

*Le souffle court.*

*Je me déshabille.*

*Entrouvre le lit.*

*Toute l'odeur des draps baignés par nos sueurs et nos liquides déversés, sans cesse jusqu'à l'Eternité peut-être.*

*Les ressorts grincent.*

*Je ne pense rien.*

« Extrait d'une lettre de Pauline M, à Julien. Année 1995. »

# Table des matières

www.ingramcontent.com/pod-product-compliance
Lightning Source LLC
Chambersburg PA
CBHW070756280626
47162CB00016B/1157

* 9 7 8 1 7 7 0 7 6 5 2 8 3 *